浪人奉行

十四ノ巻

稲葉稔

双葉文庫

目次

浪人奉行　十四ノ巻

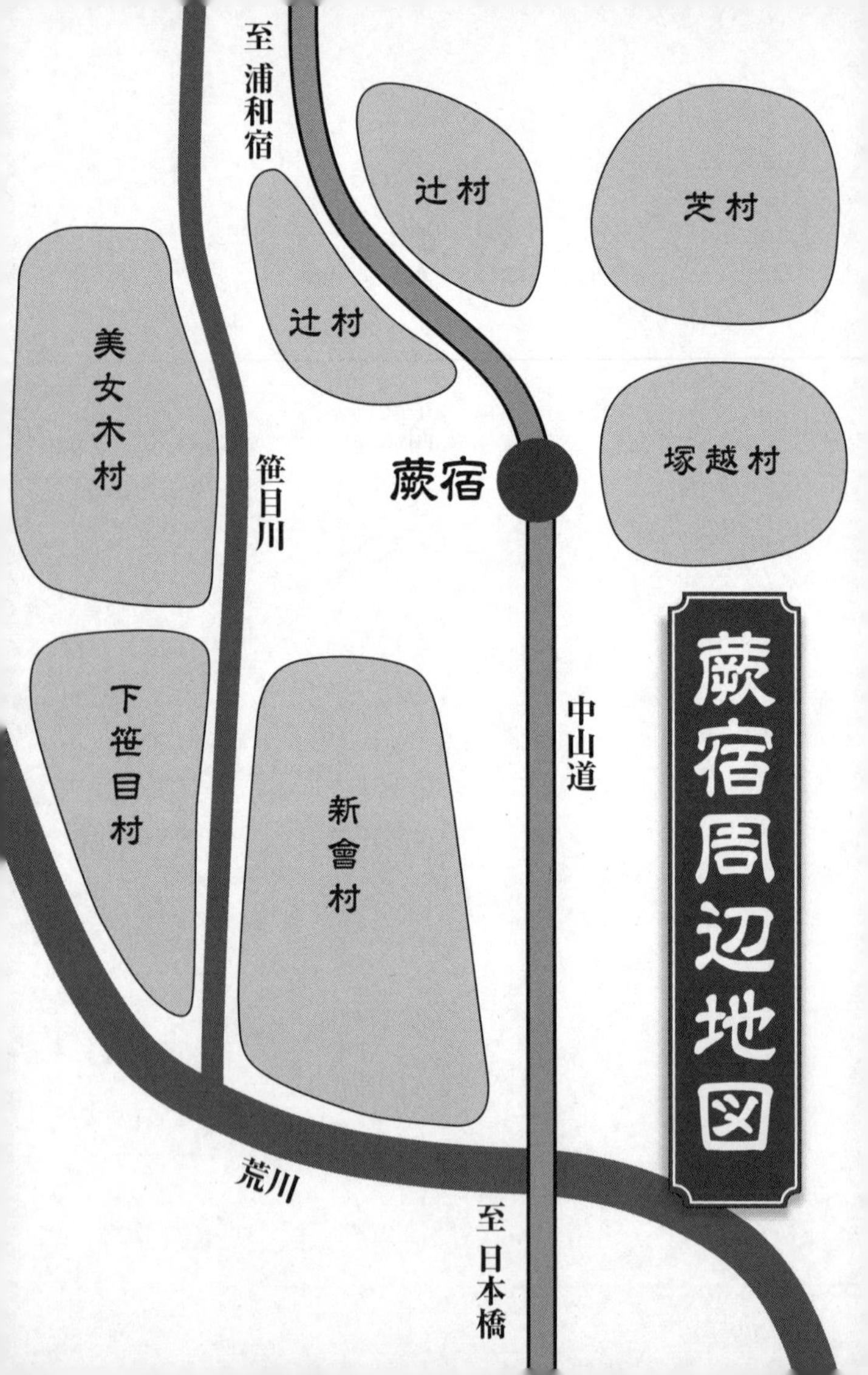

蕨宿周辺地図
至浦和宿
辻村
芝村
辻村
美女木村
笹目川
蕨宿
塚越村
下笹目村
新曾村
中山道
荒川
至日本橋

第一章　奇異な話

＊

長田惣右衛門《おさだそうえもん》は中山道深谷宿《なかせんどうふかやしゆく》の脇本陣の主人であった。この時期は諸国大名家の参勤交代がないので、宿場はわりと落ち着いており、また公用のお武家の往来もなかった。もっとも宿場が静かなのは飢饉《ききん》のせいもある。

惣右衛門は宿役人を兼務しているが、そう忙しいわけではなかった。そんな頃、突然、修験者《しゆげんじや》が玄関にあらわれ、経を唱えはじめた。

玄関そばの小座敷で帳面付けをしていた惣右衛門は、喜捨《きしや》をしなければいつまでも立ち去らないとわかっているので、財布から小銭を取り出して住み込みの女中に金をわたすようにいった。

女中はそのとおりにしたのだが、すぐに戻ってきて、修験者から少し休ませてくれと頼まれたという。

「なんだね、すると宝積坊《ほうしやくぼう》の人ではないのか……」

宿場の近くには本山派修験の宝積坊があるので、てっきりそこの修験者だと考えていたが違うようだ。

「お困りなら案内しなさい。長旅でお疲れなんだろう」

惣右衛門は親切心で訪ねてきた修験者を招き入れ、茶菓をもてなしてやった。

ところが修験者たちは一晩泊めてくれという。表も暗くなったし、このまま旅をするのは難儀だというのだ。

脇本陣だから部屋は余分にある。惣右衛門は躊躇《ためら》いはしたが、修験者の頼みを聞き入れ、一晩泊めてやることにした。

そこまではなんの問題もなかった。ただ、気になることはあった。修験者たちが錫杖《しやくじよう》だけでなく、刀を腰に差していたことだ。

しかし、惣右衛門は荒れている世の中だから、旅の修験者も用心をしているのだろうと勝手に考えた。

しかし、そうではなかった。翌《あく》る朝になって、もう一晩泊めてくれと頼まれたのだ。お慈悲でござると頭も下げられた。

ならば致し方ないと受け入れたのだが、その日の夜になって修験者たちは酒盛りをはじめ、だんだんに様子がおかしくなった。女中はおろか、惣右衛門の妻や娘を顎《あご》で使うように、やれ酒を出せ、料理を作れと命じる。

夜が更けるのもかまわずに飲み食いをしたかと思えば、娘と妻をそばに侍《はべ》らせ酌をさせ、興が乗ったといって娘を奥座敷に連れて行ったのだ。

惣右衛門もさすがに黙っておれなくなり、いい加減にしてもらえないか、娘や妻は酌婦でもなければ飯盛《めしも》りでもない、こんな振る舞いは許されないと息巻いた。

とたん、修験者らは惣右衛門を組み敷いて、猿ぐつわを嚙ませ、後ろ手に縛って柱に括りつけた。その間、助けを求める娘と妻の悲痛な声が奥から聞こえてきた。

二人の息子と四歳になる孫がいたが、いつしか声もしなければ姿も見えなくなっていた。そして、妻と娘の声もしなくなった。

「惣右衛門殿、金はどこにある？」

修験者たちはいつしか強盗になっていた。妻と娘のことを聞けば、ゆっくり休んでいるという。惣右衛門はいやな胸騒ぎを覚えた。

「わたしの縛《いまし》めを解いて、妻と娘の顔を見せてください」

訴えたが聞き入れてはもらえなかった。

「顔を見せてもよいが、それは金をもらってからだ。どこにある?」

惣右衛門は教えたくなかった。しかし、命が惜しければ教えるのだと、酒で赤くなった冷たい目でにらまれ、刀を喉に突きつけられた。

空恐ろしいことこのうえなく、恐怖に体をふるわせ、歯の根が合わなくなった。

「さ、さほどの、金はありません。ど、どうか、ご勘弁くださいませんか」

ガチガチと奥歯を鳴らしながらいった。

「教えるのだ」

惣右衛門は恐怖に負けて金のある場所を教えた。とたん、喉に冷たい刀が添えられた。恐怖のどん底で助けを求めようとしたが、意識はつぎの瞬間遠のいた。

一

麴町《こうじまち》八丁目の北にある栖岸院《せいがんいん》は、上野国《こうずけのくに》高崎《たかさき》藩主だった安藤対馬守《あんどうつしまのかみ》重信《しげのぶ》が開基した浄土宗の寺院で、丹南《たんなん》藩主・高木《たかぎ》家や旗本諸家の香華寺《こうげじ》である。

そのため か、当寺の住職は将軍に単独で拝謁できる〝独礼《どくれい》の寺格《じかく》〟を許されている。住職の隆観《りゅうかん》が岩城升屋《いわきますや》の九右衛門《きゅうえもん》の訪問を受けたのは、境内の紅葉が終わりかけた時分であった。

「久しくお目にかかっていなかったが、ご多忙だったのでござろうか」

隆観はにこやかな顔で、九右衛門を客座敷に迎えて、ゆっくり腰をおろした。

「あれこれと忙しくしておりましたが、ようやく一段落しましたので、ご住職のご尊顔をひと目と思いまいりました。相も変わらずお達者そうでなによりでございます」

「わたしは元気だけが取り得で、他にはなにもない生臭坊主じゃよ」

隆観はそういって、半白髪《はんしらが》の眉《まゆ》を動かしてカカと大笑した。快活な住職なのだ。障子越しのやわらかな光を受ける頭はぴかぴかと光り、血色もよい。ただ、大きな福耳からぼそっと生えている毛だけが気になる。

「ご謙遜《けんそん》を。それにしても寒くなってまいりましたね。今朝は一段と冷え込みが強うございました」

「いよいよ厳しい冬の訪れだ。しかたあるまいが、これも自然の摂理であろう。

して、今日はなにか面白い話でもござろうか……」

隆観は九右衛門をまっすぐ眺める。ゆで卵のようにつるんとした顔に細い眉があり、その下にはやはり細い目がある。傍目《はため》にはいささか頼りなげに見えるが、実直でやり手の商人で、情に厚い男だ。

隆観にとって九右衛門は、好人物かつ信用のおける心安い話し相手だった。

「面白い話のひとつや二つあればよいのですが、八雲《やくも》様から相談を受けたことがございます」

「ほう、八雲殿が相談を……」

隆観は応じながら八雲兼四郎《けんしろう》の精悍《せいかん》な顔を思い浮かべた。しばらく会っていないなと思いもする。

「じつは店を畳み、家移りしたいとおっしゃるのです。ま、それはよいのですが、あまり遠くに越されては按配《あんばい》が悪いと思いまして、いかがなものかと考えているのでございます」

「何故、引っ越しを……。まさか浪人奉行をやめたいとでもいわれましたか？」

隆観は眉を動かしながら九右衛門を見る。

「浪人奉行については、なにも口にされていません。わたしが考えるのは、八雲様の引っ越し先でございます。当方で面倒を見ようかどうしようかと迷っているのです」

「そのことについて八雲殿はなんと？」

「まだ、そこまで話はしておりませんが、八雲様から切り出される前に話をしようかと考えているのです。しかし、あの方は浪人とはいえ、お侍です。武士としての矜持《きょうじ》がおありのはず。わたしのほうから面倒を見るといえば、気分を害されるのではないかと懸念しているのです」

「つまり、そなたの厚意が八雲殿に余計なお世話だと思われるかもしれぬと、さような危懼《きぐ》をしているということであるか……」

隆観はそういって、ふむふむと、視線を宙に彷徨《さまよ》わせて短く考えた。

「ご住職はいかがお考えになります？」

隆観は九右衛門に視線を戻した。

「飢饉も落ち着いてきたと耳にしておる。八雲殿はそのことを肌で感じているのではなかろうか。松平越中《まつだいらえっちゅう》様が老中首座につかれ、幕政も変わりつつある。おそらく越中様は飢饉を乗り越えて新しい世を作られるであろう。そのことを八雲殿も知っているのやもしれぬ」

松平越中とは、白河《しらかわ》藩主・松平越中守定信《さだのぶ》のことで、昨年、老中に取り立てられ、勝手方取締掛と侍従を兼ね、今年の三月からは将軍家斉《いえなり》の補佐をしている切れ者である。

また、定信は飢饉に際し、領国の白河を守るために、会津《あいづ》藩をはじめ江戸・大坂から米や雑穀などを買い求めると同時に、領内の村名主《むらなぬし》や豪農から寄付を募り、困窮者に配給し、質素倹約を奨励して危機を免《まぬか》れた。

そのことで白河藩からはひとりの餓死者も出なかったといわれている。

「田沼《たぬま》様の時代が終わり、越中様の代になりこの国にもようやく光が見えはじめている。苦しみはそろそろしまいにしなければならぬ。耐え抜いてきた百姓や町人をはじめとした、諸国の民にもようやく明るい兆《きざ》しが見えている。民を苦しめる悪党成敗のために、八雲殿に〝浪人奉行〟などというありもしない役を騙《かた》らせたのは正義のためであった」

隆観は言葉を切った。九右衛門が顔を曇らせてうつむいたからだ。

「いかがされた？」

問われた九右衛門が顔をあげた。

「和尚様はそうおっしゃいますが、そうそう世の中は変わってはいません。そう申しますのも、手前の店には諸方の在から取引のある業者や、在に詳しい贔屓《ひいき》のお客様が見えます。その方たちの話を聞きますと、ときどき耳を塞ぎたくなることがあります」

隆観は短くまばたきをして九右衛門を眺める。

「飢饉に見舞われた諸国はまだ立ち直っていません。食うに食えなくなった百姓は村を捨て、苦しい藩財政のためにお役を解かれた侍は、野武士や野盗になり、村を逃げた百姓のなかには悪事をはたらくやくざとなって徒党を組み、近在の村や宿場を襲い、女を手込めにし、金のありそうな商家に押し入り、悪辣《あくらつ》なことをするものもいると聞きます。和尚様もご存じのように、今年も市中の米問屋をはじめとした商家が打ち毀《こわ》しにあっています。お上の政事がよき方向に向かうのはなによりですが、まだまだ枕を高くして寝られる世ではありません」

「ふうむ。すると、そなたは八雲殿に、これまでどおり浪人奉行をつづけてもらいたいと、さように考えておるのだな」

「いまの世がもう少し落ち着くまでは……。人を人と思わず、虫けらのように殺す悪人がいるのはたしかです。人が汗水流してはたらいた金を盗みもします。わたしはそんな非道なことをする者が許せません。しかし、自分の手で手討ちにはできません。できるのは正義の行いをする方に金の工面をして、わたしの思いを果たしてもらうことです。それがわたしの考えですが、間違っていますでしょうか……？」

九右衛門は問いかけるような目を向けてくる。

「なるほど」

隆観は腕を組んで考え、それから言葉を足した。

「そなたなりの考えであろうが、間違っているとは思わぬし、悪事をはたらく輩《やから》をお上の手によってすべて取り払うことができぬのもたしかだ」

「浪人奉行が取り除ける悪党は、あまたといる極悪人のほんのひと握りでしょうが、罪のない人をあっさり抹殺されてはたまりません。害を受けないですむ人が、ひとりでも多く生き残れば、それはそれで世の中のためになると思います」

「うむうむ。そなたの申すことはよくわかる。道理でもある。であるならば、八雲殿の意向を訊ねてみたらいかがであろうか。こちらの勝手を無理に押しつけることもできぬからな」

「ごもっともでございます」

二

八雲兼四郎はやっと店を片づけたところだった。埃《ほこり》を払うように手を打ち合わせ、額の汗をぬぐった。

「やれやれだな。定次《さだじ》、手伝ってもらい助かった」

兼四郎は定次に礼をいった。

「ひとりじゃ大変ですよ。でも、大家が居抜きで借りる人を捜してくれるというんで助かりましたね」

「まったくだ。そうはいっても、おれも居抜きで借りた口ではあるが……」

兼四郎はそういって、飯でも食いに行くかと定次を誘った。

「そうしたいところですが、そろそろ店に戻らなきゃなりません」

「そうか。ま、おれも新しい家を探さなきゃならんし、十蔵《じゅうぞう》の話も聞きたい。また明日にでも会おう」

十蔵というのは、これから兼四郎の補佐をする男だった。姓を波川《なみかわ》という。

「わかりました。それでは……」

定次はそのまま歩き去った。

その後ろ姿を見追った兼四郎は、表の床几《しょうぎ》に腰をおろして、店を振り返った。長いようで短い商売だったが、それなりに面白かったと思う。

間口一軒の小さな飯屋だが、口さがない常連客もつき、毎晩賑やかだった。客は笑ったり泣いたり、ときに喧嘩《けんか》をしたりだったが、困っていることがあれば互いに助け合い、励まし合ったりもした。

(いい店だった)

兼四郎は外された暖簾《のれん》と行灯《あんどん》を眺めて、しばし感慨に耽《ふけ》った。暖簾にも行灯にも「いろは屋」という名が書かれていた。いつしかその文字もかすれていた。

(まあ、この辺が丁度いい引き際だろう)

兼四郎は暮れなずんでいる空を眺めた。

昨夜は贔屓にしてくれていた客が、つぎからつぎへとやってきた。兼四郎は今夜が最後だからと、勘定を取らずに大盤振る舞いをした。

大工の辰吉《たつきち》と松太郎《まつたろう》は、別れを惜しんで最後には泣いてしまった。畳職人の元助《げんすけ》も、釣られて泣きはじめて往生した。

紙売りの順次《じゅんじ》も、錺《かざり》職人の仲吉《なかきち》も来てくれた。ただ、気になっているのは、いつも口開けの客だった寿々《すず》が来なかったことだ。

誰よりも早く来ては兼四郎に秋波《しゅうは》を送り、名残り惜しくて淋《さび》しい、と一昨日の晩はいったくせに、ついに顔を見せなかった。

（まあ、商売が忙しかったのだろう）

寿々は四谷塩町《よつやしおちょう》一丁目にある「扇屋《おうぎや》」という料理屋の大女将《おおおかみ》だから、常に暇な身というわけではない。

兼四郎は床几から立ちあがると、殺風景になった店のなかをもう一度眺めた。幅広の床几が置かれているだけだ。

その床几の上には、猪口《ちょこ》の盛られた大きな笊《ざる》があり、その脇には皿や丼が重ねてあった。もう必要がないから、つぎの借主にやることにしたのだ。

兼四郎は竿から暖簾を抜き取り、丁寧に畳んで懐に入れた。そのとき、「大将」という声がかかった。

振り返ると、寿々が立っていた。

「なんだい、もうなにもかも片づいたぜ」

兼四郎は板についた町人言葉で応じた。寿々がつかつかと寄ってくる。肉置《ししお》きのよい四十年増だが、なんともいえぬ大人の色気を漂わせている。

「これからどうするのさ?」

寿々はがらんとした店内をのぞいてから、兼四郎に顔を向け直した。

「まあ、いろいろやることはある」

そう答えると、寿々が見つめてきた。

「……また商売をやるのかい?」

「商売はなかなか面白かったが、やはりおれには向いてねえってのがわかった。この辺が潮時だ」

「それでどこへ行くの? この町を離れて遠くに行ってしまうの?」

寿々は怒っているような、それでいて哀しそうな、そんな顔で見つめてくる。

兼四郎は首を横に振った。

「この近くから離れぬつもりだ」

侍言葉で応じた。

とたん、寿々の顔に喜色が浮かんだ。

「家移りしても近くに住むんだね」

「まあ、そうなるだろう」

「だったら大将……あ、もうそんな呼び方はいけないわね」

「なんと呼ぼうがかまわぬさ。だったら、なんだい?」

「わたしの家には空いている部屋があるの。それに、家は好きに使っていいから。もし、よかったら、そうしてもいいのよ。もちろん家賃なんていらない。遠慮なんてしなくていいから」

兼四郎はふっと口の端に笑みを浮かべた。

「お寿々、気持ちは嬉しいが世話になるつもりはない。もし、その言葉に甘えてしまえば、またおまえさんをやきもきさせることになる」

「いままでだって、散々やきもきさせてるくせに」

「同じ屋根の下に住んだらいやなことや、知らなくていいことも知ることになる。そうなったらお互いに気まずくなる。後悔もするだろう。それに、面倒を見なければならない者がいるのだ」

「女……?」

寿々の目に嫉妬《しっと》の色が浮かぶ。

「弟分みたいな男だ」

「だったらその人もいっしょに……」

「できぬ。されどお寿々、おまえの気持ちだけは受け止めておく。ありがとうよ」

兼四郎はそういって、ぽんと寿々の肩をたたいた。

「はっきりといってくれるわね。でも、気持ちは変わりそうもないね。わかったわ。じゃあ、いまの話はなかったことにして頂戴。その代わり、わたしの店にはたまに顔を出してもらえる」

寿々は女手ひとつで料理屋を立ちあげただけあって、割り切りがよい。

「寄らせてもらうさ」

「きっとよ」

兼四郎が強くうなずくと、寿々は頬をゆるめ、

「その日を心待ちにしています。では……」

というなり、背を見せてすたすたと歩き去った。そして小さな声で「馬鹿」と吐き捨てた。

「馬鹿、か……」

そうかもしれぬと、兼四郎は内心でつぶやき足して首をすくめた。

三

「それで家は見つかったか？」

　自宅長屋に帰ってきた兼四郎は、待っていた波川十蔵に問うた。

「いくつかあたってみましたが、八雲さんが気に入られるかどうかわかりません。ご自分の目でたしかめられたほうがよいと思いますが……」

　十蔵は兼四郎に頼まれ、新しい住まいを探していたのだった。

「まあ、そうだな。店のほうはすっかり片づいたので、明日にでも見に行ってみよう。それより飯は食ったのか？」

「いえ、つい先刻戻ってきたばかりなので、なにも食っていません」

「それじゃ、近くで一献傾けよう」

　兼四郎は居間に座ったばかりだが、すぐに立ちあがった。

　向かうのは岩城升屋に近い小料理屋だった。小上がりがあり、これからの話をするには都合のよい店だった。

「それにしても升屋というのは大きな店ですね。あらためて立派だと思います」

　岩城升屋のことは縮めて「升屋」と呼ぶものが多い。

「麹町五丁目の半分は升屋の敷地だ。奉公人は五百人は下らぬだろう」

「そんな店で定次はなにをしてるんです？」

すでに定次のことは紹介ずみだった。

「聞いておらぬか。やつは町方同心の小者をやっていたのだ。その同心が労咳《ろうがい》で死んでしまい、行き場を失っているときに升屋に拾われて使用人になったのだ」

「使用人といってもただの使用人ではないでしょう」

「店には客をよそおった者が来て、反物や帯などを盗むらしい。その見張りをしているのだ。おかげで盗人《ぬすっと》は減ったようだ」

そんな話をしながら通りを歩いていると、升屋からひょっこり出てきた男がいた。定次だった。

「これは定次」

「ちょうどようございました。じつはうちの主人が、旦那に折り入って話したいことがあるそうなんです」

「折り入ってとは、早速〝仕事〟か……」

「そうではないようです。明日の午後にでも、店のほうに足を運んでもらいたいと言付かったんです」

「明日の午後だな。わかった。これから飯を食いに行くが付き合わないか」

「へえ、それじゃ」

足を運んだのは「青葉《あおば》」という小体《こてい》な料理屋だった。小上がりの隅に陣取ると、店の娘が注文を取りに来たので酒と料理を適当に見繕ってもらうことにした。定次は下戸《げこ》なので、茶を追加する。

小上がりに他の客はいなかったので話がしやすかった。酒と刺身の盛り合わせや野菜の天麩羅《てんぷら》が届くと、兼四郎は片づいた店のことや、寿々に住まいを提供するといわれたことを話した。

「それで断ったのですか？」

十蔵は酒を飲みながら聞く。

「甘えてはおれぬ。相手は店の大女将だ。まず、そんなことはないだろうが、もしおれたちの仕事のとばっちりを受けることになったら目もあてられぬ」

「さすがに八雲さんは考えが深い」

十蔵は感心顔をしたあとで、それで仕事のことですがといって、

「いったいどこでどんなことをするんです？」

と、半身を乗り出す。

「すでに話したことだが、世間は飢饉のあおりで荒れている。その飢饉も収まってきたようだが、油断のならない悪党があちこちにはびこっている。もとは大名家の家臣だったやつもいれば、百姓や職人がやくざ紛《まが》いのことをやっている。盗人、殺し、強姦……なんでもござれだ」

「見つけたらどうするんです？」

「話しただろう。成敗すると。性根の腐ったやつばかりだから放ってはおけぬ。もっとも、町奉行所の目の届く場所であれば、手は出さぬ」

「そういうときは町方にまかせるのですね。さりながら、成敗というと、斬り捨てることになりますが……」

十蔵は少し顔を強ばらせた。

「そうなる。十蔵、人を斬ったことはあるか？」

十蔵は首を横に振った。

兼四郎はそうだろうと思っていた。だから、その心づもりをしておいてもらおうと考えていた。

「斬るのはおのれの身を守るためでもあるが、その相手から迷惑を蒙《こうむ》ったり、非道な仕打ちを受ける者たちを救うことにもなる。升屋がそのための費《つい》えは出してくれるが、升屋の相談相手である栖岸院の和尚も、このことに関しては遠慮ないことをいう」

「どんなことです？」

十蔵はさらに身を乗り出してくる。

隣に座っている定次は、刺身をおかずに飯を食っていた。

「和尚はこういわれた。人間の持つ醜い欲が、世の荒廃とともに大きくなっている。大概の者はおのれで気づき改心するが、そうでない者はまわりに流され、おのれの欲を満たすために残忍なことを繰り返す。そんな輩は坊主の説教など耳に入れぬし、受け入れようともせぬ。ならば成敗するしかなかろう、といわれた。さらに……」

兼四郎は酒に口をつけた。

「さらに」

十蔵が目をきらきらさせて見てくる。

「世を救う者になれ。広い世でなくとも、小さな村でも町でもよい。そこに巣食う害を取り除け。それがいずれは人のためになる。それは正義の道であると」

「それが浪人奉行、ですか」

十蔵は真剣な目を、しばし宙に彷徨わせた。

「無宿《むしゅく》の悪鬼を退治するのが浪人奉行です」

「さよう」

定次が言葉を挟んだ。

十蔵はその定次を見て、兼四郎に視線を戻した。

「さようなことを、仏に身を捧げる栖岸院の和尚がおっしゃったのですね」

「うむ。おれたちは正義の道を進むだけだ」

「それがひいては人のため世のためになるのですね」

「だからやっておるのだ」

十蔵は急に居住まいを正して、目を輝かせた。

「八雲さん、お会いできてようございました。正直なところ、少し迷っていたのですが、気持ちを固めました。八雲さんについていきます」

そういってから、定次を見て言葉をついだ。

「定次、よろしく頼む」

四

熊谷《くまがい》宿の反物問屋「武州屋《ぶしゅうや》」の主・甲兵衛《こうべえ》は、自分の子供二人と使用人三人を連れて江戸へ向かっていた。荷物は絹の反物である。

いずれも練絹《ねりきぬ》織物で、長い飢饉を耐え抜き、ようやく商売ができるようになり、気分を高揚させていた。それというのも数年ぶりの大取引になるからである。

一行の六人は反物を背負子《しょいこ》で運んでいた。荷の重さはひとりにつき約七千匁《もんめ》（約二六キログラム）。江戸まではかなりの距離があるので、ときに荷駄や人の乗らない軽尻《からじり》を頼みもした。

しかし、宿場間にもよるが、熊谷から鴻巣《こうのす》まで一駄百六十文、軽尻百十文かかった。甲兵衛は倹約しなければならないと思い、鴻巣宿を発ってからは徒歩を決めていた。

通常なら熊谷から江戸まで二泊三日の旅であるが、甲兵衛たちは重い荷を背負っているので、蕨《わらび》宿まで三日をかけていた。

蕨の木賃宿《きちんやど》で草鞋《わらじ》を脱いだ一行はくたびれていた。

音をあげているのは倅《せがれ》の仙次《せんじ》だった。

「おとっつぁん、この先に渡船場があるという。舟を使ったらどうだい。おいらはもう疲れちまったよ」

表から戻ってきた仙次が甲兵衛の隣に腰をおろして、そういった。

「ここまで来たんだ。つぎの板橋《いたばし》までは造作ない」

「板橋までいかほどあるんだい？」

「二里と少しだ」

「板橋から麹町までは……」

仙次は疲れた顔を向けてくる。兄の仙一《せんいち》に比べて仙次は華奢《きやしゃ》である。

「二里半といったところだ。弱音を吐くんじゃない。舟を使えばそれだけ駄賃がかかり、売り上げがその分減る。そのことを考えてくれ」

「仙次、久しぶりに大きな商《あきな》いができるんだ。おとっつぁんのいうことを聞くんだ」

長男の仙一が窘《たしな》めた。

「そりゃわかってるけど、他の奉公人も疲れているんだ。歩きより舟を使ったほうが楽じゃないか」

甲兵衛はため息をつき、

「仙次、舟を使っても浅草《あさくさ》からまた歩くことになる。大した違いはないから辛抱してついてくるんだ」

と、吸っていた煙管《きせる》を灰吹《はいふ》きに打ちつけた。

仙次は黙り込んで、ふて腐れたように背負子に凭《もた》れた。そんな様子を甲兵衛はちらりと見てため息をつく。

長男の仙一は跡継ぎだが、仙次はいずれ店を出なければならない。そのことがわかっているのだ。きつい仕事を嫌うのはもっともだが、いまは人手が足りないからどうしても手伝ってもらわなければならない。

たしかに舟運《しゅううん》を頼れば楽である。しかし、金がかかる。飢饉の前なら、舟を使ってあっという間に江戸に荷を送ることができた。それも商いがうまくいっていたからだ。

だが、飢饉のせいで養蚕《ようさん》はまったくできなかった。桑畑も灰に埋もれて使えなくなった。それでも百姓たちの労苦が実り、桑畑が再生され、ようやく養蚕業が復活し、絹織物の生産がかなった。

甲兵衛の店も倒れかかったが、辛抱に辛抱を重ね、なんとか持ちこたえやっと商いに光を見ていた。今度の商いは絶対に成功させなければならない。それは甲兵衛が自分に与えた使命だった。

「旦那、またです」

部屋にやってきたのは今助《いますけ》という手代だった。日に焼けた顔が青くなっていた。

「またって……」

「桶川《おけがわ》で聞いた噂です。人殺しの修験者ですよ。どうもこの宿場に来ているようなんです」

「なに……」

甲兵衛は顔を強ばらせた。

桶川宿で怖ろしい修験者の一団がいると聞いた。金のために人を殺し、盗みをはたらき、押し入った家の女を手込めにするという悪党たちだった。

それに、被害にあったのは桶川だけでなく、本庄《ほんじょう》・深谷《ふかや》・熊谷にも同じような賊があらわれたと耳にしている。

賊はどこかの大名家の元家来で、役を解かれて野武士になった集団だと耳にした。その者たちが修験者に化けて、好き勝手に村や宿場を荒らしているという。

襲われた行商人たちも十本の指では足りないと聞いた。

「どこの旅籠《はたご》に泊まっているんだ？」

「それはわかりません。まさかここに来るんじゃ……」

今助はまばたきもせずに、甲兵衛と仙一、仙次を眺めた。背負子に凭れていた仙次が緊張した顔で座り直せば、甲兵衛は窓辺によって表を見た。

日は翳《かげ》っているが、宿場の通りに変わった様子はない。旅籠の前で呼び込みをしている留女《とめおんな》がいれば、大八車《だいはちぐるま》から荷を下ろしている百姓がいる。軽い荷を背負った行商人が足速に板橋宿のほうへ向かっていた。浪人や侍の姿もなければ、修験者の姿もない。

甲兵衛は窓を閉めて座り直した。その客間は壁も障子も古く傷《いた》んでいたし、畳はささくれていた。節約のために安い宿を取っているのだ。

(噂の一行が宿場に来たって、こんな安宿を襲うことはないだろう)

甲兵衛はそう考えたが、

「おとっつぁん、明日の早く舟で江戸に入ったほうがいいんじゃないか。もしものことになったら、商いどころじゃないだろう」

と、仙次が強ばった顔を向けてくる。

「それがいいかもしれません」

今助が仙次に同意した。

しかし、甲兵衛は考えた。舟を使いたいのは山々だが金がかかる。取引をする岩城升屋がいかほどの値で引き取ってくれるか、いまはわからない。商売の反物は量はあれ、決して質はよくない。売り上げを考えると、あまり自信がなかった。

「様子を見よう。それに、こんな安っぽい木賃宿に賊が押し入ることはないだろう」

「旦那、いまのうちに板橋に向かったらいかがです。日は暮れかかっていますが、賊には関わりたくないでしょう」

今助が這《は》うようにして近づいてきた。

「ここの泊まり賃が無駄になる。それに板橋に行っても、宿を取らなければならない。その分の費えがいる」

甲兵衛がいうと、今助はうなだれ、

「大丈夫でしょうか……」

と、不安そうな顔でつぶやいた。

五

「昨日、定次から話があると聞いたのだが……」

升屋の奥座敷で兼四郎は、九右衛門と向かい合っていた。

「お店のほうをおやめになったと伺ったのですが、もしやわたしらの〝仕事〟もやめようとお考えなのでは……」

九右衛門はのぞくような目を向けてくる。

兼四郎はふっと口の端に笑みを浮かべ、

「折り入っての話とはそのことであったか。いや、やめるつもりはない」

と、はっきりいった。

九右衛門は安堵《あんど》の吐息を漏らした。

「安心いたしました。無理を承知で手前勝手なことを頼んでいますので、八雲様がやめるとおっしゃれば、引き留めることはできません。それで、和尚様とも相談したのです」

「和尚と相談……？」

兼四郎は茶に口をつけて九右衛門を見た。

「これまで務めていただいた〝仕事〟のことです。一度八雲様のご意向を伺ったらどうだとおっしゃいました」

「さようなことであったか。心配はいらぬ。店はやめたが、〝浪人奉行〟をやめる気はない。そもそも商売をやめるのも、浪人奉行に専心しようと考えたからだ。もっとも升屋の援助なくしてできることではないが……」

「そのことはご心配されなくて結構でございます。わたしは八雲様のはたらきを心の底から望んでいるのです。もっとも命を張った仕事ですから、無理は申せませんが……」

「升屋、この店を襲った賊を成敗し、殺された奉公人たちの無念も晴らしたので、そなたが浪人奉行の仕事をやめるというのではないかと、勝手に考えていたのだ。折り入っての話だと定次から聞いたのでな」

「するとお互いにいらぬ心配をしていたのですね。いやいや、安心いたしました。飢饉で苦しんでいた諸国も、ようやく息を吹き返しつつあると聞いていますが、悪事をはたらき人を苦しめる者は後を絶っていないようです。世の中がもう少し落ち着くまでは、浪人奉行をつづけていただきたく存じます」

「うむ」

「それから家移りをお考えだと聞いているのですが、もう引っ越し先は決まったのでしょうか？」

「まだだ。適当な家をと思っているが、なかなか見つからぬ」

「では、当方におまかせいただけませんか」

九右衛門は膝を摺《す》って少し近づいてきた。

「これからは長屋ではなく、お武家様らしい家に住んでいただきとうございます。まかせていただければ、すぐにでも手配りいたしますが、いかがでしょう？」

「これは頼もしいことを」

「それにいくつかあてがあります。ただし、四谷界隈《かいわい》になりますが……」

「かまわぬ。そうしてもらえるならありがたい」

「では早速にもあたってみますので、決まりましたら定次を使いに出します」

「なにからなにまで世話になるが、甘えてよいのか？」

「わたしの無理を聞いてくださるのです。こちらからお願いいたします」

升屋を出た兼四郎は自宅長屋に戻ると、早速片づけにかかった。もっとも調度は少ない。引っ越しは造作もないことだ。

柳行李《やなぎごうり》に着物や足袋《たび》などを詰めていると、十蔵がやってきた。

「八雲さん、これはどうかという家がありました」

「そのことだが、升屋にまかせることにした」

「は……」

十蔵は一瞬ぽかんとした。

「さっき、話があるからというので升屋を訪ねて行ったら、升屋にあてがあるらしいのだ。それでまかせることにした」

「では、家探しはもうよいので……」

「うむ、升屋にまかせよう。おそらく気の利いた家を見つけてくれるはずだ」

「なかなかよい家があったんですがね。狭いながらも庭があって、日当たりのよい家でしたが……。それにしても、升屋はずいぶん親切をしてくれるのですね」

十蔵は居間にあがって胡坐《あぐら》をかいた。

「この仕事は升屋がいい出しっぺなのだ。厚意に甘んじ心苦しくもあるが、そのことは割り切ることにした。いうなれば升屋に仕官していることになるが、それも悪くない。大名家に抱えてもらえる時世でもないし、幕府への仕官など到底無理な世の中だ」

「たしかに……」

「だからといってずっとこの仕事をつづけようとは思わぬ。いずれ終わりが来るし、終わらせなければならぬ」

「そうなったとき、どうなさるのです？」

「道場でも開こうかと考えている。他にできる仕事はないからな」

「もし、そうなったときにはわたしも雇ってくださいますか」

「おぬしなら不足はない」

十蔵は頬をゆるめた。

「八雲さんにお目にかかれてようございました。正直なところ、わたしは向後《こうご》のことが心配だったのです」

「おぬしとは古い付き合いであるからな。さて、片づけを手伝ってくれるか。さほどの荷物はないが……」

「はい」

片づけはあっという間に終わった。

定次が九右衛門の使いとしてやってきたのは、日の暮れ前だった。家が見つかったので案内するという。

「その家はどこにあるのだ？」

「四谷仲町《なかちょう》の通りです。場所だけたしかめてきましたが、なかなかよい屋敷だと思います」

「屋敷……」

「はい、さほど広くはありませんが……」

日は大きく傾いていたが、まだ表は明るかった。

定次が案内したのは、甲州道中から南へ、鮫ヶ橋坂《さめがはしざか》に向かう通りで出雲広瀬藩《いずもひろせ》上屋敷を過ぎた先にあった。通りから一本道を入った家で、閑静な場所だ。

「これは過分ではないか。おれは少し広めの長屋だと思っていたが……」

兼四郎はその屋敷地に入るなり、目をまるくしながら気に入った。

屋敷地は四十坪ほどだろうか。武家屋敷としては小振りだが、玄関を入ると正面に八畳の座敷、右側に八畳の座敷が二つ、玄関の左に納戸《なんど》があり、その先に居間と台所があった。座敷の外には縁側がめぐっていた。

「ひとりで住むにはもったいないな」

兼四郎はそういって十蔵を見た。

「おぬし、ここにいっしょに住まぬか。おれには広すぎる」

「八雲さんが許してくだされば喜んで」

十蔵が目を輝かせると、
「旦那、家賃は升屋持ちです。主人がそういっていますので……」
と、定次がいった。

六

九右衛門は、数年ぶりに熊谷からやってきた武州屋の主・甲兵衛と話をしていた。

持ち込まれた反物はあまり褒められた質ではなかったが、甲兵衛の必死さが伝わってきたので、九右衛門は利益を度外視して実際より高値で引き取った。そのことに気をよくしたらしく、甲兵衛は安堵の色を浮かべ饒舌《じょうぜつ》になっていた。

話は長く苦しい飢饉のなかで、いかに店を維持してきたかということだった。

「なにが辛かったかと申しますれば、売り上げがへこんでしまいましたので、それまで雇っていた奉公人たちにやめてもらうことでした。まあ、どこも似たり寄ったりの有様ではありますが、天変地異の力には勝てません」

「熊谷は江戸に比べれば、浅間山《あさまやま》がぐっと近いから大変さはお察ししますよ。それでもよく踏ん張ってこられました。他の店も少しずつ立て直されているのですか？」

「浅間山が焼けたときはそれはひどうございました。まわりを見わたしても、田も畑も道も残らず灰に埋まり、一面は赤い土に変わり、野山には青葉など見ることができませんでした。それでも人というのは強うございます。石にかじりついてでも生きようとするんでございますね。そのことがよくわかりました。店を畳んだままのところもありますが、ゆるゆると活気を取り戻しつつあるのはたしかなことです。そうは申しましても百姓地は大変でした。田や畑は使いものにならなくなったので、土壌作りからはじめなければなりません。なにせ作物がとんと穫れなくなったので、干あがっています。田畑を打っちゃったまま村を逃げた百姓もたくさんいます」

「百姓や町人も大変でしょうが、武家方も難渋《なんじゅう》されていると耳にします。熊谷はたしか忍《おし》藩のご領内でしたな」

「阿部豊後守《あべぶんごのかみ》様の領地です。そうです。殿様のご家来衆もずいぶんお役を解かれています。そんな方の暮らしは大変です。職のない浪人になったようなものですからね。まあ、それは忍藩にかぎったことではないようです。高崎の大河内《おおこうち》家も安中《あんなか》の板倉《いたくら》家も大変だという話を聞きます」

「どこも大変でしょうが、とにかく辛抱に辛抱を重ねるしかないようですな。その点、江戸は恵まれているように思われますでしょうが、これがなかなか大変なのです」

「へえ、そうは見えませんが……」

甲兵衛はぬるくなった茶に口をつけて九右衛門を見る。

「おっしゃったように、食えなくなった農民やお役を解かれたお侍が江戸にやってくるんです。そればかりじゃありません。女も子供もです。着の身着のまま裸足でやってきて、行き倒れたり、夜鷹《よたか》になったり、子供のかっぱらいが出れば、金目あての辻斬りなんかも始終です。お上は江戸に流れてきた浪人や無宿の侍を取り締まっていますが、とてもとても手が足りないようです」

「江戸はそんな物騒になっていますか……」

甲兵衛はちんまりした目を大きくする。

「夜道は気をつけてくださいよ。まあ、あなたはこれから熊谷にお帰りになるのだから、心配はいらないでしょうが……」

「いいえ、それが気楽な旅ではないのです。こちらへまいるときもそうでした」

「と、おっしゃいますと……」

九右衛門は少し顔を強ばらせた甲兵衛を眺めた。

「深谷宿に賊があらわれて、脇本陣の長田家に六、七人の、修験者が宿を求めたそうでございます。長田家は相手が困っているようなので三日三晩泊めてもてなしたそうですが、そのうち修験者たちの風向きが変わり、娘を手込めにすれば、止めに入る主人を斬り、挙げ句、家の者たちに斬りつけ、金を盗んで立ち去ったのです。そのことがわかったのは二日後のことでした。宿場は大変だということになり、代官所へ訴えを出しますが、とんと賊のことがわからない。災難に遭《あ》った長田家は、そのまま没落です」

「どうやってそのことがわかったのです？」

「隣の商家が、戸口がいつまでも開かないし、雨戸も閉め切られたままなので、おかしいと思って訪ねてわかったらしいです。たまたま虫の息で生きていた子供がいたので、あらましがわかったそうですが、その子供も間もなく息を引き取ったといいます」

「なんとむごい話……」

九右衛門は顔に苦渋の色を浮かべて絶句する。

「話はそれだけではありません。深谷のつぎは本庄宿で、同じようなことが起きているのです。脇本陣ではなく、今度は米問屋でした。やはり六、七人の侍に襲われ一家皆殺しのうえ金を盗まれています」

「それは同じ侍たちだったのですか？」

「数が似ているのでそうではないかという噂です。しかし、誰もその侍たちの顔を覚えていません。どこから来た侍なのかもわからずじまいです。代官所は動きましたが、粗略な調べをしただけで引きあげてしまったそうです。それからまた一月ばかりたった夏のある日、熊谷宿に近い石原《いしはら》村の名主宅に、やはり六、七人の男たちが押し入ったのです。そのとき、男たちは修験者の出で立ちだったと申します」

「修験者……」

「さようです。やはり名主一家が殺され、金を盗まれています。名主の女房と娘は犯されて殺されたといいます。その賊と、深谷と本庄で悪事をはたらいた者の数が似ているので、修験者には気をつけろという噂が立っています。手前どもが蕨宿に入ったときに、その賊らしき修験者があらわれたと聞きまして、びくびくしながら江戸にまいったのです」

「その賊は蕨宿にいるのですか？」

「さあ、それはわかりません」

甲兵衛は首をかしげて答え、

「ついつい長話をしてしまいました。そろそろ出かけなければなりません。奉公人たちも待たせていますゆえに」

と、居住まいを正した。

「そうでしたね」

「升屋さん、此度のご恩は忘れません。どうぞこれからもよろしくお願いいたします」

「こちらこそお願いいたしますよ。とにかく気をつけてお帰りください」

九右衛門は店の表へ行って、これから熊谷に帰るという甲兵衛一行を見送ってから、西にまわりはじめた日を眺め、

（聞き捨てならない話を聞いてしまったな）

と、胸のうちでつぶやいた。

七

定次が栖岸院にて九右衛門と隆観和尚が待っているので来てほしいといってきたのは、兼四郎の新居への引っ越しが終わった日の夕刻だった。

「なんだ、早速仕事かい？」

片づけを終えたばかりの兼四郎は、定次に顔を向けた。

「おそらくそうだと思いますが、あっしも話を聞いておりませんので。それにしても、ここは住み心地がよさそうですね」

定次は家のなかを見まわし、羨ましそうな顔をする。

「申し分ない家だ。静かであるし、日当たりもよい。定次、ちょいちょい遊びに来るとよい」

十蔵が外した襷《たすき》を畳みながら定次に微笑んだ。

「へえ、来るなといわれても遊びに来ますよ」

「帰りに炭を買ってこなければならぬな」

兼四郎は新たに求めた長火鉢《ながひばち》を見てから、

「十蔵、着替えをしたら栖岸院へ行く。おぬしのことを升屋と和尚に紹介しなければならぬ」

と、十蔵にいった。

「わたしもどんな方か楽しみです。すぐに着替えます」

着替えを終えた兼四郎と十蔵は、定次といっしょに栖岸院へ向かった。

「それにしても、店をやめたことでずいぶん気が楽になった」

歩きながら兼四郎は、心底そう思っていた。

「旦那の性分で、よくやっていましたよ。あっしはずっと感心していたんです」

定次が兼四郎に顔を向ける。

「食うためにやったが、案外楽しかったのだ」

「わたしは八雲さんが、飯屋をなさっていると聞いたときには驚きましたよ。まったく考えもしないことでしたからね」

十蔵が兼四郎を見ていう。

「その気になればなんでもやれるのだ。端から、これはやれないあれはやれないと決めつけたら、前には進めぬ」

「おっしゃるとおりだと思います」

栖岸院は四谷御門を抜け麴町の通りに入ってすぐである。参道に入るなり、十

蔵はここがそうですかと境内を見まわし、

「なにもかもわたしには新しい出来事ばかりです」

と、期待顔をする。

「まあ楽しいことばかりではないということを、覚悟しておいてもらうからな」

「承知しています」

庫裏に入ると、奥の座敷に寺の小僧が案内をした。

隆観と九右衛門は丸火鉢を挟んで兼四郎たちを待っていた。

「お待ちしていました」

九右衛門があらたまって挨拶をすれば、隆観が頬をゆるめて引っ越しなさったそうですなと、兼四郎に顔を向けてきた。

「升屋のおかげです。足を向けて寝られなくなりましたよ」

兼四郎は軽口をたたいてから、隆観と九右衛門に十蔵を紹介した。

「八雲殿と同じ道場の方でしたか。して、これまでなにをされておったのです?」

隆観は十蔵の顔を見て訊ねた。

「遠国《おんごく》奉行をなさっていた橘《たちばな》文左《ぶんざ》衛門《えもん》様の屋敷で剣術指南をしていました。たまたま八雲さんと再会したことで、助《すけ》ばたらきをすることになった次第です」

「では、浪人奉行がどんな役儀をするかはご存じですな」

「八雲さんから聞いております」

「ならば話は早い。升屋さん、お話しください」

隆観にうながされた九右衛門はひとつ咳払いをして、兼四郎と十蔵に顔を向けた。

「手前の店に熊谷宿にある武州屋という反物問屋の主が奉公人を連れて商売に見えたのですが、その際に聞いたことです。主は甲兵衛さんとおっしゃいまして……」

九右衛門はそう前置きをしてから、甲兵衛から聞いた話を詳《つまび》らかにした。

「話から賊の正体ははっきりわかっていませんが、おそらくどこかの大名家からお役を免じられた家来かもしれません。大名家の名を騙り、公用の旅をしていると話したらしいので……」

九右衛門はあらかたを話してから、そう結んだ。

「それで修験者に化けて悪さをしているのか？」

「深谷宿の脇本陣を襲ったときは、修験者の出で立ちだったようですが、大名家の家来を騙ってもいるようです。そのあたりのことはよくわかりません」

「しかし、話を聞いているだけで胸くそが悪くなった」

十蔵が吐き捨てるようにいった。

「いったい何人殺しているのだ？」

兼四郎である。

「その数は聞いておりません。しかし、脇本陣や米問屋と名主一家が襲われているのですから、十本の指では足りないでしょう」

九右衛門はそう答えるしかないようで、武州屋の甲兵衛もそのあたりのことはわかっていないだろうと話した。

「その賊はいま蕨にいるのだろうか？　それとも足を延ばして板橋あたりに……？」

兼四郎は九右衛門に聞くが、それも判然としていないという。

「居所がわからなければ、捜さなければならぬ。その手間を省きたいのだが、その賊のことを知っている者が他にいないだろうか」

「おっしゃるのはごもっともですが、まずは蕨へ行けば噂が流れていると思います」

「行ってそんな賊などいないということになれば……」

十蔵だった。

「それはそれで幸いということです。ですが、脇本陣や米問屋などが襲われたのはたしかなことのようです。もし、賊を捜す手立てがなくなったとしても、手間賃はきっちりお支払いします。それから……」

九右衛門は空咳《からせき》をして言葉を切った。

「それからなんだ?」

兼四郎が聞く。

「これまで報酬は二十両としていましたが、今後は三十両出すことにします」

「ひとりにつきということか……」

十蔵が少し驚き顔で聞いた。

「ひと仕事にということだ。三日で片づけようが一月かかろうが、それは変わらぬ。さような取り決めをしている」

「もちろん路銀やその他の細々した費えは別でございます」

九右衛門が付け足せば、十蔵は太っ腹だなと感心顔をする。

「とにかくまずは蕨へ足を運んでみるということだな。それで八雲殿、官兵衛《かんべえ》殿はもう江戸を発たれたのだろうか?」

隆観が顔を向けてきた。

「十日ほど前に江戸を発ちました。百合《ゆり》殿の実家で暮らすことになるそうです」

「官兵衛様が片腕を使えなくなったのは、わたしのせいでもあります。もう一度お詫びしたかったのですが……」

九右衛門はそういって唇を引き結んだ。

「升屋、そなたの思いは官兵衛に十分伝わっている。あやつが怪我をしたのは、まったくの不覚だったのだと言付かっている。官兵衛からも、気に病むなと言付かっている」

「そういっていただけると気が楽になりますが、やはりわたしの心は苦しゅうございます」

「升屋さん、官兵衛殿は浪人奉行の仕事がどんなものであるか、よくわかっておられた。当人が気に病むことはないと言っているのだから、親切な思いやりは素直に受けるべきであろう」

隆観が諭《さと》すようにいうと、九右衛門はわかったというようにうなずいた。

それを見た兼四郎は、

「ならば早速動くことにいたす。升屋、明日の朝早く江戸を発つ」

と、断言するようにいって腰をあげた。

第二章　蕨宿

一

「いたぞ」

藪のなかに身をひそめている村田善之助《むらたぜんのすけ》は、背後にいる仲間を振り返った。

「どこだ?」

そういってそばに来たのは、岩野孫蔵《いわのまごぞう》だった。他に三人の仲間がいる。全員、高崎藩大河内家の元家臣である。

「五本杉の向こうだ。ほれ、こっちへ来るぞ」

村田善之助は仲間に知らせながら、脇道からやってくる男たちに注意の目を注いだ。

「七人だ」

孫蔵がつぶやいた。善之助は他の仲間を見て、

「油断するな。今日こそは逃がさぬ。ひとり残らず捕縛する」

と、低声《こごえ》で命じた。

「素直に縛につくような輩ではない。刃向かえば討ち取る」

孫蔵は日に焼けた顔を赤らめ、その気になっている。

「それはならぬ。討ち取るとしても、ひとりは証人として生け捕らなければならぬ。そうでなければ、わしらの手柄は藩に認められぬのだ。みんな、そのことよく心得ておけ」

仲間はそれぞれにうなずいた。かたい表情である。

「それにしてもやつら、ほんとうに修験者に化けていやがる」

孫蔵がいうように、近づいてくる七人の男はそれぞれに兜巾《ときん》をつけ、鈴掛《すずかけ》に結《ゆ》い袈裟《げさ》をかけ、笈《おい》を背負っていた。手には手甲《てっこう》、足には脛巾《はばき》をつけ、草鞋である。

しかし、錫杖を持っている者は二人で、その者も大小を腰に帯びていた。

村田善之助は息を殺し、近づいてくる七人の偽修験者に目を注ぎつづける。

初冬の日射しを受ける薄《すすき》が銀色に輝き、風に揺れている。

どこかで烏《からす》が鳴き、一陣の風が吹きわたっていった。そこは蕨宿の南西を流れる荒川（入間川）に近い場所だった。

あたりは農地で、見通しは利くが、ところどころに雑木林や竹林が点々と散っている。広がる田畑は二年前まで荒れ果てていて手のつけられない惨状だったが、百姓たちが血のにじむような思いをして元《もと》に復していた。

「来たぞ」

孫蔵が刀を抜いて仲間に忠告した。

善之助も鞘《さや》から大刀をゆっくり抜いて、

「おれが合図をするまで待つのだ」

と、襲撃の間合いをはかった。

七人の偽修験者はもうすぐ近くまで接近していた。半町もない距離だ。その顔が徐々にはっきりしてくる。

「や、あれは芦原吉之助《あしはらきちのすけ》だ」

善之助は大きな目をみはって、先頭を歩いてくる男を凝視した。芦原吉之助は善之助が村横目《むらよこめ》についていたときの手下だった。

「吉之助の野郎……」

善之助は歯噛みをするようにつぶやきを漏らした。腹のなかで裏切り者めと毒づく。

もう偽の修験者たちは目と鼻の先に迫っていた。善之助の仲間は全員が獲物を狙う鷹の目になって彼らをにらんでいた。

七人が目の前を通り過ぎた。善之助はいまだと肚《はら》を決めると、

「よし、まいるぞ」

というなり、立ちあがって村の道に出た。四人の仲間がそれにつづく。同時に背後の気配に気づいた七人が振り返った。

「芦原吉之助、うぬが修験者に化けて方々を荒らしている無法者であったか」

善之助は数歩近づいて声をかけた。

立ち止まった吉之助らは、善之助たちを振り返り双眸《そうぼう》を光らせた。

「これは村田善之助さんではありませぬか。斯様《かよう》なところでなにをなさってらっしゃる?」

吉之助は不遜《ふそん》な顔を向け、余裕の体《てい》で言葉を返してきた。

「きさまら無法者を成敗にまいったのだ」

「成敗……。これはまたおかしなことを？　同じく藩を追われた者ではござらぬか。まさか再び藩に召し抱えられ、村横目にでもおつきになられましたか……」

「藩を追われても、うぬらのように心は腐っておらぬ。ここで会ったが運の尽き。うぬらひとり残らず捕縛いたし、藩に差し出す所存。おとなしく縛につくがよい」

「これはとんだおたわむれを。いまさら藩に義理立てをしてなんになります？　手前どもはみな、禄を奪われ放逐されたのですぞ。それは村田さんも同じのはず」

「わしの心はうぬらのように穢《けが》れてはおらぬ。藩はおろかお世話になった殿の顔に泥を塗っているのも同じ」

「たわけたことをおっしゃる。殿に追い払われた身の上ではありませぬか。正義面《づら》をしてなんの得がありましょうや」

「黙れッ外道！　うぬらの悪事を見逃すことはできぬ。覚悟！」

いうが早いか善之助は地を蹴って斬り込んでいった。同時に吉之助が抜き払った刀で善之助の一撃を跳ね返した。

キーンと、金音が野に広がったのと同時に、善之助たちと吉之助たちの戦いがはじまった。

善之助は吉之助を七人の頭と見て、捕縛しようと考えたが、かつての家来はなまなかな相手ではなかった。斬り込めば擦りかわして、突きを見舞ってくる。それをかわして、横薙ぎに足を払いに行けば、跳んでかわされ袈裟懸けに斬り込んでこられる。

吉之助が剣の練達者であったことを、そのときになって思い出した。

「吉之助、わしに刃向かうとはいい度胸だ」

善之助は間合いをはかっていい放った。

「拙者に刀を向ける度胸がおありでしたか。そういう人だとは思わなかったが、もはや拙者の上役でもない、ただの浪人でござろう。遠慮はせぬ」

吉之助は言葉を返して間合いを詰めてくる。

善之助は右八相《はっそう》に構えて、吉之助の隙を窺う。まわりは乱戦となっていたが、誰が誰と斬り合っているのかたしかめる余裕はない。

まずは目の前の吉之助をたたき伏せて押さえるか、死に至らぬ程度の傷を負わせて召し捕らなければならない。

善之助は中段に構えて、じりじりと間合いを詰めてゆく。近くで悲鳴がした。

自分の仲間のものか、吉之助の仲間のものかわからない。つづいて絶叫。たしかめたいが、目の前の吉之助は油断がならない。

「どりゃあ！」

吉之助が地を蹴って大上段から撃ち込んできた。

善之助は右足を大きく踏み込んで刀を横に振った。

二

江戸を発った兼四郎たちが蕨宿に入ったのは、正午に近かった。江戸から二番目の宿で、日本橋からだと約四里二十八町（約一八・八キロメートル）である。

「まずは宿を取ろう。それから賊を捜すために聞き調べをする」

兼四郎は宿場内に入って往還の先を眺めていった。

「在の宿場なのでもっと小さいと思っていましたが、そうでもありませんね」

十蔵が兼四郎の隣に並んで、往還に立ち並ぶ商家や旅籠を見まわした。野袴《のばかま》に打裂羽織《ぶっさきばおり》という出で立ちは兼四郎と同じだが、引き廻し合羽《がっぱ》をつけていた。

「そこの上州屋《じょうしゅうや》というのはどうでしょう？」

定次が半町ほど先にある旅籠を見ていった。昼間なので客を引く留女はおらず、旅籠の前で三人の男女が何やら言葉を交わしながら、くすくす笑っていた。

宿内を歩く人の数はさほど多くないが、荷物を背負った男や女がいれば、大八を引いていく人夫《にんぷ》などが行き交っている。宿場は平穏に見える。

「では、上州屋に決めよう」

兼四郎は定次に同意して、上州屋に足を進めた。入り口の暖簾をかき分け土間に入ると、廊下に立っていた女中が目をぱちくりさせて、

「いらっしゃいませ。お泊まりでしょうか？」

と、聞いてきた。

「そうだが、空いているだろうか？」

「へえ、空いております。少々お待ちください。三人様ですね」

兼四郎がうなずくと、女中は帳場に声をかけた。すぐに番頭が揉み手をしながら出てきて兼四郎たちを眺め、

「旅のお侍様でございましたか。部屋は空いております。三人ごいっしょの部屋がようございますか？　それとも銘々のお部屋にされますか？」

と、ぺこぺこ頭を下げながら訊ねる。

「いっしょでもよいが、できればひとりずつの部屋にしてもらいたい」

「畏まりました。ではお藤《ふじ》、ご案内しておくれ」

最初に応対をしたお藤という女中が返事をして、こちらへどうぞとうながした。

案内されたのは帳場横の階段を上がった二階のつづき部屋だった。四畳半ひと間で、部屋は襖《ふすま》で仕切られているだけだ。兼四郎はその襖を開け放して、窓のそばに立って往還を眺めた。お藤が茶を持ってくるというので、

「ここに運んでくれ」

と、兼四郎は命じた。

三人の持ち物は小さな振り分け荷物だけだ。兼四郎は窓を閉めて腰をおろし、

「静かでよいところではないか」

と、そばにやって来て座った十蔵と定次にいった。

「さっきの女中、賊のことをなにか知っていますかね？」

十蔵が手焙《てあぶ》りを引き寄せていう。

「さあ、どうだろう。茶を運んできたら聞いてみよう。それから炭火を熾《おこ》してもらわないとな。朝晩は冷え込みが厳しそうだ」

「茶を飲んでひと休みしたら、早速聞き込みに出ますか？」

定次はやる気を見せている。兼四郎はそうしようと応じる。

お藤が茶を運んできたので、

「手焙りに火を入れてくれるか」

と、兼四郎は求めた。

「すぐに熾しますのでお待ちください」

「そなたはこの宿の娘か？」

十蔵が聞いた。

「いえ、わたしはただの雇われ女中です」

お藤はひょいと首をすくめて答え、すぐ近くの村から通っているといった。愛《あい》嬌《きょう》のある顔で、歳は二十二、三に見える。

「小耳に挟んだのだが、街道筋で悪さをしている賊がいるらしいな。そんな噂を聞いておらぬか？」

兼四郎は茶に口をつけてから聞いた。

「修験者の悪党の噂があります。でも、この宿場は静かです」

お藤は知っていた。

「どんな噂だね」

「悪い噂です。商家に押し入って金を盗んだり、殺しをやったりと……。恐ろしいからこの宿場には近寄らないでもらいたいです」

「その噂に詳しい者はいないかな？」

お藤は一度首をかしげてから、番頭さんならよく知っているかもしれないという。

「では、呼んできてくれないか。おれたちはその悪党を召し捕りに来たのだ」

「それじゃお役人様ですか？」

お藤は驚いたように目をぱちくりさせて、兼四郎と十蔵、定次を眺めた。

「ま、そのようなものだ」

「手焙りの火を熾しに来ますので、そのとき番頭さんを連れて来ます」

お藤はそのまま一階に戻っていった。

「どうやら噂はほんとうのようですね」

十蔵が茶に口をつけていう。

「もし、この近所にいるなら仕事は早く片づけられるかもしれませんね」

定次が兼四郎と十蔵に顔を向けていう。

「そうであることを願うが、まずは相手のことをよく調べなければならん」

「ごもっともで……」

そんな話をしていると、お藤と番頭がやってきた。

お藤が三人の部屋の手焙りにせっせと火を入れる傍らで、兼四郎は賊の噂をいかほど知っているかと、太兵衛《たへえ》という番頭に聞いた。

「噂が流れてきたのはひと月ほど前でございましたが、お泊まりのお客様たちの話を伺っていますと、三月ほど前に熊谷宿や深谷宿のあたりの商家が襲われたのがはじめだったようです。その賊は修験者の姿だったといいます。それから鴻巣宿や大宮《おおみや》宿でその賊に似たものが見られているそうです。また、その賊はだんだんにこちらの蕨に近づいていると聞きまして、みんな用心をしております」

「その賊の正体を知っている者はいないだろうか？」

「さあ、それはどうでしょう。この宿場に来ないことを願うだけです。まったく迷惑な話です」

兼四郎はさらに問うてみたが、太兵衛は噂なのでどこまでがほんとうの話なのかわからないという。

結局、自分たちの足を使って聞き込みをするしかないようだ。

三

村田善之助は美女木《びじょぎ》村の百姓・民造《たみぞう》の家で、岩野孫蔵の怪我の手当てを終えたところだった。

「浅傷《あさで》でよかった。膏薬《こうやく》を塗ったので傷は痛まぬはずだ。これが夏だったらわからぬが……」

「かたじけない」

孫蔵は手桶で手を洗っている善之助に頭を下げた。

「それにしても福助《ふくすけ》と八五郎《はちごろう》が斬られた」

「残念なことだ」

善之助は仲間二人を失っていた。痛手である。

「しかし、相手も二人仲間を失っている」

孫蔵は吉之助の仲間二人を斬り倒していた。

「三対五になったが、吉之助は油断ならぬ外道だ」

孫蔵に応じる善之助は唇を噛んだ。吉之助と斬り合ったが、倒すことはできなかった。

「福助と八五郎の亡骸はどうします？」

聞くのは伊沢冬吉《いざわとうきち》だった。

「そうだな」

善之助は顔を曇らせて、吉之助らに斬られて死んだ二人のことを考えた。野に放ったままにはしておけない。

「明日にでも引き取りに行こう。されど、亡骸を高崎まで運ぶことはできぬ。近くの寺で供養してもらうしかない」

「茶毘《だび》に付しますか？」

「そうしたいところだが、火葬にすれば手間がかかる。その間にやつらが遠くに逃げたら、また手間暇かけなければならぬ」

「もっともだ。おれはなにがなんでもやつらを討ち取る。福助と八五郎の恨みを晴らさないではおれぬ。そうしなければ、あの二人の魂も浮かばれぬだろう」

孫蔵は歯嚙みするようにいって、手当ての終わった左肩口に手をあてた。

それを見た善之助はその家の主である民造に声をかけた。

「すまぬがひと晩、ここに泊めてくれぬか」

「恐ろしい賊が村をうろついているとなれば、お侍様たちがいらっしゃるだけで心強うございます。なあ、おまえ」

民造は台所に立っている女房に声をかけた。女房もそうしてほしいといって、

「あんまりうまいものは出せませんが、ゆっくり休んでいってください」

と、善之助たちを見た。

「世話をかけるがよしなに頼む」

「やつらはどこにいるかな？　居所がわかれば、これから乗り込んで決着をつけられるのだが……」

肩口を負傷している孫蔵は、さも悔しそうな顔でいう。

「孫蔵、明日まで様子を見よう。もう外は暗くなっている。無理をして不意打ちを食らったら元も子もない」

「拙者もそうしたほうがよいと思います」

三人のなかでは一番若い冬吉が善之助に同意した。

「そうはいうが悔しゅうてならんのだ」

「悔しいのはおれも同様だ。孫蔵、今日は堪えるしかない」

善之助は孫蔵を宥《なだ》めて、民造に酒はあるかと聞いた。

「どぶろくしかありませんが……」

「すまぬが一杯くれぬか」

わかりましたといって民造が立ちあがると、

「やつらは明日も修験者に化けているだろうか……」

孫蔵がどこか遠くを見る目をしてつぶやいた。

善之助もそのことを考えていたので、

「もし、おれが吉之助だったら偽修験者はやめる。あのままだと目立つであろう。吉之助も馬鹿ではない。おそらく法衣《ほうえ》は脱ぎ捨てるだろう」

と、いった。

「すると見つけるのが難しくなるな」

「しかたあるまい」

善之助が答えたとき、民造がどぶろくを運んできた。


同じその頃、芦原吉之助とその仲間は、下笹目《しもささめ》村にある聖社《ひじりしや》の裏側にあるあばら家にいた。

百姓の家だろうが、誰も住んでいなかった。そんな百姓家はほうぼうに点在している。飢饉のせいで村を捨てた者がいるからだ。俗にいわれる「走り」や「欠《かけ》落《おち》」である。

「どうするんだ？」

竈《かまど》の前に座り薪をくべている吉之助にぎらつく目を向けてきたのは、島崎満作《しまざきまんさく》だった。

「どうもこうもない。村田善之助らを片づける。やつらは邪魔者だ。くそッ、善人面をしておれたちを追っていやがったとは……」

吉之助は吐き捨てるようにいうと、乱暴に小さな薪を竈に投げ入れた。ぱちぱちっと木の爆《は》ぜる音がした。

「では、あやつらを捜すのか？」

吉之助はさっと満作に顔を向けた。

「邪魔者は消えてもらうしかない。そうだろう」

そういって、他の仲間を眺める。

そこにいるのは、吉之助と満作以外に、古川才一郎《ふるかわさいいちろう》、細野恵巳蔵《ほそのえみぞう》、小笠原洋太郎《おがさわらようたろう》だった。あと二人いた仲間は、善之助の仲間に斬り倒されていた。

「おれも吉之助のいうとおりでよいと思う。ここまでいっしょにやってきた沢崎《さわざき》と松岡《まつおか》を殺されたのだ。黙ってはおれぬ」

恵巳蔵の黒い顔は竈の炎を受けて赤くなっていたが、怒りのせいで紅潮してもいた。

「当分の金はある。邪魔立てするやつに容赦はいらぬだろう」

いったのは古川才一郎だった。くわえていた木の枝をぷっと吐き捨てた。

「洋太郎、おぬしも異存はないな」

吉之助はもうひとりの仲間である小笠原洋太郎を見た。

「異存などあろうはずがない」

「よし、これで決まりだ。明日はやつらを捜して血祭りにあげる。どうせ、遠くには行っておらぬだろう。捜すのは造作ないはずだ」

満作は広い肩についた灰を払った。

「しかし、善之助はおれたちのことを知っているだろうか？　吉之助は昔、善之助の手下を務めていたから覚えられていたが……」

「おそらく知るまい。それにおれたちは兜巾を被っていた」

上がり框《がまち》に座っていた恵巳蔵が立ちあがって、竈のそばにやって来た。

「その兜巾だ。もう修験者を装うのはやめだ」

吉之助がいうと、恵巳蔵が怪訝《けげん》そうな顔をした。

「これまではうまくいったが、村田善之助はおれたちの出で立ちを目印にするはずだ。修験者はここでやめる」

「では、着物を用立てなければならぬ」

「そんなのは造作ないだろう。宿場に行けば古着屋がある。いや待て、名主の家なら着物はいくらでもあるのではないか」

「こんな貧乏村の名主の家にあるとは思えぬが……」

小笠原洋太郎だった。しゃくれた顋をするっと撫で、吉之助を見てきた。

吉之助は少し考えた。手っ取り早く宿場の古着屋で用立てるのはよいが、その間に正義漢ぶった村田善之助らに出会ったら面倒である。

「恵巳蔵、この村の名主の家がわかるか？」

吉之助は恵巳蔵を見た。

「三日前に会った百姓に教えてもらっている。これから行ってもいい。それなりの分限者《ぶげんしや》だという話であった」

「分限者だと……それはまことか？」

「会った百姓はそういった」

「名主の家はわかっておるのだな」

「むろんだ」

吉之助は竈の炎を短く見つめたあとで、みんなを眺めた。

「よし、明日の朝その名主の家に行こう。着物がなければ、百姓に化けてもよい」

四

「定次、お代わりだ」

十蔵は茶碗を定次に差し出す。

「まだ食べるんですか？」

定次はあきれ顔をする。これで三杯目なのだ。

「今朝は妙に腹が減っておってな。それに旅先では食が進むのだ」

いわれた定次は膝許にある飯櫃《めしびつ》をのぞき込んで、板場のそばにいるお藤に声をかけた。

「足りないんですか？」

「ああ、もう空っぽだ」

「そんなに食べられると……それにおにぎりも支度しているのですけど……」

「にぎり飯はまた別だ」

十蔵がお藤にいった。

「では、聞いてまいります」

お藤が板場に消えると、兼四郎はまじまじと十蔵を見た。

「おぬし、昔からそんなに食っていたか？」

「いつもはそうでもありませんが、いくら食っても太らないんですよ。食い過ぎですかね？」

「まあよい」

兼四郎はあきれ返ってもう一度十蔵を見た。

おかずは目刺しと納豆と梅干し、そして味噌汁、朝餉《あさげ》はそれで十分だ。十蔵の食いっぷりは見ていて気持ちよいけれど、その量が多い。

お藤が新しい茶碗に飯を盛って運んできた。

「申しわけありませんが、これで最後だそうです」

「かまわぬ、これで十分だ」

受け取った十蔵は、梅干しをおかずに飯をぱくつく。日に焼けた浅黒い顔は、いかにも健康的である。黒目がちの目に形のよい鼻。屈託のない明るい男だ。

兼四郎はそんな十蔵を見て苦笑し、

「飯を食ったら早速出かけるぞ」

と、茶に口をつけた。

朝餉を終え旅籠を出たのは六つ半（午前七時）頃であろうか。空はどんよりとした鉛色の雲に蓋《ふた》をされていた。

往還沿いにある旅籠から旅人たちが出てきて、右へ左へと歩き去っていく。旅の侍の姿は少なく、多くが行商人だった。この時季のんびり遊山《ゆさん》旅をする人は少ない。

「十蔵は聞き込みの要領がわかっておらぬだろうから、定次といっしょにまわってくれ」

表に出た兼四郎は十蔵にそう指図した。

「修験者のことを聞くだけなら造作ないでしょう」

十蔵は腹をさすりながらいう。

「難しいことではないが、まずは定次について要領を覚えるのだ」

十蔵は一度定次を見て、「では、そうします」と、素直に応じた。

「一刻（約二時間）ほどしたら、またここに戻ってくる。では、はじめよう」

兼四郎はそのまま江戸方面へ歩いた。

修験者に化けた賊の手掛かりはなにもない。旅籠でも噂が先行しているだけだ。賊の正体を知っている者に話を聞きたい。

しかし、早朝のいまはどこの旅籠も商家も忙しそうである。泊まり客を送り出す旅籠の者たちの声が、あちこちで聞かれる。

「お気をつけて」「またいらしてください」「お帰りをお待ちしています」等など。

兼四郎はひとまず宿場の外れまで歩いた。宿往還の長さは約二十町（約二一八〇メートル）。町並みとなっているのはその半分ほどだ。

兼四郎は歩きながら考えた。手当たり次第に聞き調べをするのもよいが、旅籠で問屋場《といやば》のことを聞いていたのを思いだした。

問屋場は宿場全体の事務を行い、助郷《すけごう》や人馬の継立てを差配し、幕府や大名家などの書状や御用物なども扱う。

（まずは問屋へ行ってみるか）

兼四郎は来た道を引き返して、中町にある問屋場を訪ねた。ここは本陣も兼ねており、名主の岡田加兵衛《おかだかへえ》の屋敷であった。

主の加兵衛はいなかったが、年寄と呼ばれる宿役人が応対をしてくれた。

「噂は流れてきておりますが、この宿場にはまだ害がありませんで……」

「すると、まだ賊は浦和《うらわ》かその先の大宮宿あたりにいるということであろうか？」

「さあ、それはどうでしょう？ 手前どもも話を聞いているだけで、たしかなことを口にはできません。あのぅ、お侍様はなぜそんなことをお知りになりたいのです？」

もっともな質問である。

「もしや代官所からのお遣いでしょうか？」

「そうではない」

兼四郎は言葉を切って、どう答えるべきか忙しく考えてから、

「お上から指図を受けている者だ。あやしい者ではない」

と、無難に答えた。

「するとお役人様ですね」

これには曖昧《あいまい》にうなずく。このあたりは天領なので、公儀役人と思われても疑われはしない。

「代官所はこの近くにもあったな。たしか赤山《あかやま》陣屋のはずだ」

その陣屋は蕨宿から北東へ二里ほど行った赤山（現・川口市赤山）に置かれていた。

「さようです。陣屋からもお触れがありまして、もし賊があらわれたらすぐ知らせるようにといわれております」

「さようか。それで修験者の賊についてわかっていることはないだろうか？　よく知っている者がいたら会って話を聞きたいのだが……」

兼四郎は年寄と隣にいる帳付を交互に見た。

「馬指《うまさし》の五兵衛《ごへえ》だったら、旅人の世話をしているのでなにか聞いているかもしれません。ちょっと呼んでまいりましょう」

帳付が立ちあがって馬指を呼びに行った。

兼四郎は茶をもてなされ、蕨宿が平穏であることに安堵しているが、万が一の備えをしておくべきだろうと年寄に忠告を与えた。

帳付はすぐに五兵衛という馬指を呼んできた。小柄な男だった。

「修験者に化けている賊の話を聞いているだろうが、詳しいことを知らぬか？」

「どんな悪さをしているか、そのぐらいのことしか聞いておりません。だけんど、二の本陣にいる助吉《すけきち》はいろいろ知っていそうです」

「二の本陣とは……？」

「問屋場はもう一軒あるんです。ここが一の本陣といいまして、通りの向こうにあるのを二の本陣とか東の本陣と呼んどるんです」

「助吉と申す者は何者であろうか？」

「いえ、あっしと同じ馬指です。あいつはおしゃべりで、客とよく話をする男なんです」

五兵衛は垂れそうな洟《はな》を掌でぬぐって答えた。

「では、向こうの問屋場に行ってみよう。邪魔をした」

兼四郎はそのまま往還を横切り、東側にある二の本陣を訪ねた。

「お上からの指図を受けて来た者だ。八雲兼四郎と申す」

兼四郎が名乗ると、詰めていた役人たちが畏まった顔を向けてきた。

「それはご苦労様でございます」

役人の長である問屋らしき男が顔を向けてきた。

「修験者に化けた賊がいるという噂を聞いている。ここにいる助吉という馬指がその噂に詳しいと、一の本陣で聞いたのだが……」

「たしかに助吉はあれこれ聞いているようです」

「呼んでくれ」

五

助吉は若い男だった。おそらく二十歳ぐらいだろう。真っ黒に日に焼け、目が異様に白く見えた。

「へえ、いろいろ聞いております。大宮や熊谷の宿場を荒らし、米屋や名主の家に押し入っては女を手込めにして金をかっさらっているという噂です。とんでもねえ悪党ですよ。どこの誰かわかりませんが、刀遣いが堂に入っているから、その辺にいる浪人じゃなく、どっかの大名家の家来だったんじゃないかという人もいます。なにせ、飢饉でどこの殿様も四苦八苦しているようで、台所が大変だというじゃありませんか。だから足軽や徒侍《かちざむらい》のような下士はどんどん暇を出されている。暇を出されりゃ、食い扶持《ぶち》がなくなりますよね。おれは侍だと、昨日まで威張っていたやつが悪事をはたらくのは道理ってもんです」

おしゃべりだと聞いたように、助吉はたしかによくしゃべる。それに早口である。

「おれが知りたいのは、その賊の正体だ。どこの何者で、いまどこにいるかということだ」

兼四郎は助吉を遮《さえぎ》って言葉を挟んだ。

「どこの何者かは誰も知らないようです。どこにいるかも見当をつけるしかないんじゃないですかね。やつらは、そのなんていうんですか。しんちゅつ……」

「神出鬼没か」

「ああ、そうです。そう神出鬼没らしいですからね」

「最後に襲われた商家や宿場のことは聞いておらぬか？」

「あっしは浦和宿にあらわれたというのを聞いとります。六人だという人もいれば七人だという人もいます。てことは、六、七人ということなんでしょう。顔を覚えられるのをいやがっているようで、襲った家や店の者を皆殺しにするらしいんで、蕨には近寄らねえでもらいたいもんです。代官所に用心のために役人を寄越してくれといっても、ちっともこねえんですよね」

助吉はそういって問屋と年寄を見る。

「警固の役人を出してくれと頼んではいるんですが、同じように各宿場から頼まれているのか、それとも掛《かかり》の役人が足りないのか、来てくれないのはたしかです」

年寄が答えた。

兼四郎はいくつかの疑問を助吉に問うたが、賊を捜す手掛かりになるようなことは知らなかった。わかったのは賊がいかに悪辣で、極悪非道の所業を重ねているかということだけだった。

問屋場を出ると、目についた商家に立ち寄って賊の話を聞いたが、やはり捜す手掛かりは得られなかった。

一刻ほどたったので上州屋に戻ると、すでに十蔵と定次が待っていた。

「賊の噂話ばかりで居所に見当はつかなかったのですが、どうやらこの宿場の近くにいるような話を聞きました」

定次が目を光らせて兼四郎に報告した。

「見た者がいるのか？」

「荒川の近くにある村を歩いていたという話があります。それも一昨日のことです」

「その詳しい場所は？」

「美女木村の西、荒川に近い道だったとそれだけです。見た者はもしやと思い、怖くなって逃げてきたらしいです」

「美女木村……遠いのか？」

「さほどではなさそうです」

兼四郎は鉛色の雲に覆われている空を見あげた。

「行ってみよう。もっとわかることがあるやもしれぬ」

そういったあとで、兼四郎は番頭に美女木村への道順を聞いて宿場を離れた。

「八雲さん、定次といっしょに動いて聞き調べの要領はわかりました」

歩きながら十蔵が顔を向けてくる。

「波川さんは覚えが早いです。ちょっと教えたらすぐに呑み込んでくださいました」

定次は十蔵を評した。

「十蔵は昔から覚えが早かったからな」

兼四郎が褒めれば、

「でも、八雲さんには追いつけませんでした。いくら鍛錬しても、勝てませんでしたから」

と、十蔵は言葉を返す。

「勝ちを譲るわけにはいかぬだろう。だが、十蔵、おぬしの腕がたしかなことはこのおれがよく知っておる。その後も研鑽《けんさん》しているようだから、いまなら負けるやもしれぬ」

「ご謙遜を……」

「謙遜などではないさ」

兼四郎が頬をゆるめて応じると、

「そうそう八雲さん、わたしが堂々と浪人奉行の家来だと名乗ると、定次が慎んでくれというのです。なぜだと問えば、浪人奉行という役儀はどこにもないのだからできるだけ控えたほうがよいと。なあ、定次、そういったな」

と、十蔵は定次を見る。

「へえ。でも、波川さんはおかまいなく浪人奉行と口にされます」

定次は少し弱った顔をした。

「八雲さん、隠すことはないでしょう。浪人奉行を騙ったとしても、悪事をはたらくわけではありません。正しい行いをして、悪党を退治するわけではございませんか。浪人奉行と名乗って大いに結構だと思います」

十蔵はそういってにっこり微笑む。

「まあ、たしかにそうではあるが……」

「八雲さん、悪いことをするわけではないのです。堂々といきましょうよ」

兼四郎は明るくいう十蔵に言葉を返せない。たしかに十蔵のいうとおりであろう。それに、ここは江戸から離れている在所である。

「よし、そうするか。開き直りも大事であろう」

兼四郎が納得顔でいうと、

「いいので……」

と、定次が顔を向けてきた。

「ああ、十蔵のいうとおりだ。おれたちは正道を歩いているだけだ。そうであろう」

「そうです！」

十蔵が元気に応じた。兼四郎はそんな十蔵を見て、この男がいるとなんだか気持ちが楽になると思った。

「あ、雪だ」

十蔵が空を見あげていった。

空からちらちらと白い雪が舞いはじめてきた。

六

「雪だ」

作業の手を止め空を見あげてつぶやいたのは、岩野孫蔵だった。

村田善之助は額に浮かんでいる汗をぬぐい、孫蔵を見て、

「もう少しだ。早くすませよう」

と、いって作業に戻った。

善之助たちは昨日殺された二人の仲間の遺体を埋めているのだった。

「やつらの仲間のことはどうします？」

善之助に聞いたのは、伊沢冬吉だった。善之助は畑のなかに倒れている死体に目をやった。芦原吉之助の仲間の遺体が二つ転がっていた。いずれも孫蔵に斬られた者たちだった。

「放っておきたいところだが、村の者の目に触れさせることはないな。せめて土を被せておこうか」

「善之助、やつらはおれたちの敵だ。情けなど無用であろう」

孫蔵は埋めた福助の盛り土を固めるようにたたいていった。

「死人を恨むことはなかろう。冬吉、あれにも土を被せておこう」

そういわれた冬吉が下の道に歩いて行った。善之助たちは低い丘になっている雑木林のなかにいるのだった。

雪がちらついているが積もるような降りではなかった。

冬吉が丘の下に死体を引きずってくると、善之助はそばに行って顔をあらため、眉宇《びう》をひそめた。知っている男たちだった。

ひとりは沢崎彦助《ひこすけ》、もうひとりは松岡喜作《きさく》。二人とも十三石取りの軽輩《けいはい》だった。藩はそういう軽輩の多くに暇を出した。善之助然りであるが、暇を出されたのは下士だけでなく上士にもいる。

一旦暇を出され、役目を解かれると、いつ再登用されるかその保証はない。最悪、そのまま召し抱えられることなく一生を終えることになるかもしれない。

善之助の胸にむなしい風が吹いた。

（こやつら……）

善之助はやるせない気持ちを抑えて、丘の上にいる孫蔵を見た。

「孫蔵、おぬしも手伝え」

「おれはやらぬ」

孫蔵は強情を張ってそっぽを向いた。善之助は冬吉と顔を見合わせると、

「しかたあるまい。やつは放っておこう」

そういって吉之助の仲間の死体に土を被せはじめた。使っている鍬《くわ》は、昨晩世話になった百姓の民造から借りてきていた。終わったら返しにいかなければならない。

「やつらはどこにいるんでしょうかね」

冬吉が体を動かしながら疑問を口にする。

「さあ、それはわからぬ。だが、わしらは決してあきらめぬ。あんな外道を放っておくわけにはいかぬ」

「相手のほうが数が多いです」

善之助は作業の手を止めて冬吉を見た。頬が赤くなっているのは、作業をしているせいもあるし、冷たい風に曝《さら》されているからでもあった。

「相手の数が多いから臆したか……」

「そういうわけではありませぬが、昨日戦ってやつらはなまなかではないとわかりました」

「なまなかな相手であろうが、気持ちで負けたら、そこまでだ。気合いを入れ

ろ」

善之助が励ますようにいったとき、

「おい、誰か来る」

と、孫蔵が緊張した顔を向けてきた。あっちだと言葉を足して、注意を喚起《かんき》した。

善之助は孫蔵が指し示すほうを見て、顔を引き締めた。

（やつらか……）

「この道で間違ってはおらぬだろうな」

兼四郎は歩きながらまわりの景色を眺める。

「教えられた道順のはずです」

定次が応じた。

ちらつく雪はしばらくやみそうにない。冬枯れの木に止まっている烏《からす》がさかんに鳴いていれば、畑のなかにある木に止まった百舌《もず》が、獲物を探しているのかじっと動かずにいる。周囲には田畑が広がっているが、作物は多くなかった。

それに野良仕事をしている百姓の姿もほとんど見ない。天気のせいなのか、畑仕事がないのかわからない。

あまり起伏のない土地で見通しが利く。ところどころに雑木林や竹林があり、道の途中に三本杉や五本杉があった。

「このあたりが美女木村だろうか？」

兼四郎は周囲に視線をめぐらす。

「里程を考えるともう少し先のような気がします。でも、近くまで来ているはずです」

定次が答えた。

小高い丘になっている雑木林を過ぎ、道の傍らにある地蔵堂の前まで来たときだった。

「しばらく」

背後から声がかかった。

兼四郎が振り返ると、三人の男が抜き身の刀を持って立っていた。

「吉之助の仲間だな」

広い額を持つ男で、眉間に深いしわがある。

「吉之助……誰のことだ？」

兼四郎が答えると、

「白ばっくれるな！」

と、男は近づいてくる。双眸を光らせて八相に構えた。

「もう逃がさぬ。覚悟だ！」

そういうが早いか、「でやっ！」と、気合いを発して斬りかかってきた。

兼四郎は後ろに跳びしさってかわすと、刀の柄《つか》に手を添えた。

「間違いない、その男は吉之助の仲間だ。善之助、逃がしてはならんぞ」

「おう、これで手間が省けた」

善之助と呼ばれた男が前に出てきた。もうひとり若い男もいるが、それは、前に出てきた二人の背後に控えた。

「なにをいっているのかわからぬ。いきなり斬りかかってくるとは不届き千万。そっちがその気ならこちらも容赦はせぬ」

十蔵が青眼に構えて兼四郎の横に並んだ。

とたん、善之助が斬り込んできた。脳天目がけての唐竹《からたけ》割りである。撃ち込まれる寸前に、兼四郎は半身をひねってかわし、抜き様の一刀を横薙ぎに振り切った。

刃風《はかぜ》がビュンとうなり、善之助の袖口を切り裂いていた。かわした善之助は、はっと驚いたように目をみはった。

隣で十蔵が額の広い男と激しく撃ち合っていた。兼四郎は目の前にいる善之助という男の隙を見出すために、目をそらすことができない。

善之助が突きを見舞ってきた。兼四郎は擦り落としてかわすと、十蔵と背中合わせになって、

「吉之助とは誰のことだ?」

と、善之助に問うてつづけた。

「おれたちは吉之助などという男は知らぬ」

「なにッ」

善之助の太い眉がぴくっと動いた。

「こちらは浪人奉行の八雲兼四郎様だ。それがしはその家臣・波川十蔵」

十蔵が背中合わせになったまま言い放った。

同時に善之助が後じさり、

「孫蔵、刀を引くのだ」

と、命じた。

「何故斬りかかってきた？」

兼四郎が問うと、

「芦原吉之助の仲間ではないのか？」

と、善之助が問い返してきた。

「おれたちは修験者に化けている賊を召し捕りに来た者だ」

兼四郎がいうと、善之助はさらに驚いたように目を見開いた。すでに殺気を消していた。

「ならば、わしらと同じことを……」

「どういうことだ？」

兼四郎も刀を引いて鞘に納めた。

「どうやら人違いをいたしたようだ。ご容赦くだされ」

「そのほうらも賊を追っているようだな。話を聞かせてくれぬか」

七

兼四郎たちは善之助の案内した百姓家に移っていた。民造の家である。

「浪人奉行……すると公儀御用の……」

善之助は兼四郎の役儀を聞いて驚き顔をした。そばにいる岩野孫蔵も伊沢冬吉も畏敬の目で見てきた。

「いや、さようになっているだけだ。身共《みども》らに指図をするのは江戸にある大商家・岩城升屋の主人である」

「すると商家に雇われて賊を捜しているとおっしゃるか……」

「さようだ。斯様な仕儀になった経緯は、話せば長くなる。ともあれ、身共らは中山道筋で悪行を重ねている偽修験者を退治しなければならぬ」

「これはまた奇特なことを……」

「悪いことをするのではござりませぬ。正道に叛《そむ》く者を成敗するのが浪人奉行の役目」

十蔵が言葉を添えた。

「ま、よいでしょう。とにかくわしらの力になってもらえるなら文句はない」

善之助はそういって、仲間の孫蔵と冬吉を見た。

「偽の修験者はいったい何者です？」

兼四郎は善之助をまっすぐ見て聞く。

「頭を務めているのは芦原吉之助という男。元は高崎藩大河内家の家来であった。かく申すそれがしも、大河内家の家臣で、村横目を務めておった。そのときの手下が吉之助だった。されど、飢饉のせいで藩の台所が苦しくなり、吉之助は暇を出された。早い話、お役御免である。吉之助の仲間も同じくお払い箱の身となった」

「暇を出されたから悪事をはたらくことになったと……」

「有り体に申せばそうでござるが、吉之助とその仲間は、飢饉で苦しくなった百姓どもを煽り、一揆を起こした。おのれを裏切った藩への仕返しである。その気持ちはわからなくはないが、百姓たちの起こした一揆は大きくなり、城下に火をつけ、富裕な米問屋や反物問屋を襲い、上士の住む武家地にまで騒ぎは広がった。騒動を鎮《しず》めるのに藩は三日を要した。村横目を務めていた身共は、責を取らされ暇を出された。ここにいる二人も同じである」

孫蔵と冬吉がうなずいた。

「すると、芦原吉之助と同じく浪人身分に。それがまた何故、芦原らを追うのです？」

「身共らは再仕官を望んでおる。そのためにはなにか手柄をあげなければならぬ」

「それが芦原吉之助ら一党を捕縛するということでございまするか？」

「吉之助らが一揆を煽ったのちに逃亡したのはわかっていた。しかれども仲間を集め、悪事をはたらくようになった。それも修験者に化けての所業であった。城下だけでなく近郊の村に出入りし、名主の家に押し入り、金を盗み一家を血祭りにあげている。わしらはそのことを知ると、じっとしておれなくなった。吉之助らを捕まえて藩に差しだそうと考えた」

「つまり、再び召し抱えてもらうために、吉之助一党を追っているということですか」

十蔵だった。

「さようなことになるが、いまはまた別の気持ちもある。やつらは罪なき民を苦しめるだけでなく、金を奪い尊い命を奪っておる。それが堪忍できなくなった。やつらは後ろ足で砂をかけ、藩の名に泥を塗っているのも同じ。放っておけることではない。それより、身共は侍として人として許せぬのだ。わかってくださるか」

善之助は兼四郎をまっすぐ見た。

「人としてあるまじき所業には、目をつむれませぬ。村田さんのお気持ちはお察しいたします」

「では、力をお貸しくださるか」

「むろん。それで、先ほどはあそこでなにをされていたのです？　吉之助らを待ち伏せしていたのですか？」

「昨日、やつらと一戦交え、仲間二人を亡くした。その二人の亡骸を埋めていたのだ。国許に運ぶのは、この一件が片づいたあとにしようと考えている。それに、吉之助の仲間の死体も二つ、あの近くにある」

「その遺体は？」

「土をかけ人目につかぬようにしている」

「それはまた大儀でございました」

「村田さん、それで吉之助らはいまどこにいるのかわかっているのですか？」

十蔵に聞かれた善之助は、わからないと首を横に振った。

「敵の数は？」

「昨日までは七人だったが、いまは五人のはずだ」

「すると三人で、吉之助らを召し捕ろうとしていたのですか？」

「やむを得ぬから……」

「されど、こっちにも仲間ができた。いまや六人だ。数ではおれたちのほうに分がある」

いったのは岩野孫蔵だった。

「やつらは修験者に扮《ふん》していたが、身共らに正体を知られたいまは、修験者の身なりを解いていると考えられる。修験者のなりはこちらにとって恰好の目印となっていたが、身なりを変えておれば捜すのが難しくなる」

「では、どうやって捜します？」

兼四郎は善之助を見て問うた。

「さあ……考えなければならぬ。居所を突き止めることができればよいのだが、いまは手掛かりとなるものがない」

「吉之助の仲間は四人ですね」

「さよう」

「四人の仲間のことはわかっているのですか？」

聞かれた善之助は、孫蔵と冬吉に目を向けた。

「顔も名前もはっきりはしていないというのが正直なところです」

冬吉が答えた。

「では、どうやって捜せばよいのだ」

十蔵が独り言のようにつぶやいた。

「とにかく村を見廻ってみるしかない。そんなに遠くには行っていないはずだから」

善之助はそういって、これからはじめようと立ちあがった。

兼四郎たちも善之助のあとに従って表に出た。雪は降りつづいていたが、さほど積もってはいなかった。木々の葉や草の葉が白くなっている程度だ。

一行はその日、夕刻まで下笹目村と美女木村をまわったが、賊の吉之助らを見つけることはできなかった。

兼四郎は明日の朝、善之助たちと民造の家で落ち合う約束をして、蕨宿の上州屋に戻った。

夕餉を食べて、風呂に浸かると、その夜は早く休むことにした。いつしか表の雪はやんでいた。

それは兼四郎が睡魔に引き込まれそうになったときだった。がらりと襖が開けられ、

「八雲さん、起きていますか?」

と、十蔵が声をかけてきた。

「なんだ？」

「厠《かわや》に行ったら、帳場のそばでちょっとした騒ぎが起きていたんです。なんであろうかと耳を傾けていると、新曾《にいぞ》という村の名主一家が殺されたそうです」

兼四郎はがばりと半身を起こした。

第三章　人相書

一

新曾村の名主は周兵衛《しゅうべえ》といった。その夜、同じ村の甚助《じんすけ》という肝煎《きもい》りが届け物があり、周兵衛宅を訪ねると戸口の戸が半分ほど開け放されていた。不審に思い、声をかけても返事がないので、敷居をまたいで土間に入ると、暗い廊下に黒い塊《かたまり》があるのに気づき、声をかけながら近づくと、名主の周兵衛だった。

甚助は驚いて恐怖したが、勇を鼓《こ》して座敷を見た。そして、周兵衛の父親と女房、長男、二人の娘が殺されていたのに気づき、大慌てで宿場にある問屋場に知らせに来たのだった。

いま兼四郎たちは、問屋場の問屋、年寄、帳付、人足指《にんそくさし》、そして知らせに来た甚助を先頭に、周兵衛宅に向かっていた。

空《から》っ風《かぜ》の吹きすさぶ寒い晩で、提灯《ちょうちん》を提げた一行は村道を辿っていた。

新曾村は宿場の南西にあり、昼間兼四郎たちがいた美女木村の南東に位置していた。

「あそこです」

甚助が兼四郎を振り返って教えた。

黒い森が闇夜に象《かたど》られている。その森は村の鎮守《ちんじゅ》の氷川《ひかわ》社だった。名主・周兵衛の家はその氷川社の東側にあった。

「定次、民造の家に行って村田善之助殿を呼んできてくれるか?」

「道が……」

定次は不安そうな顔を向けてくる。提灯の灯りに浮かぶその顔は強ばっていた。

「甚助ならすぐにわかるだろう」

兼四郎はそういって、ここまで案内をしてきた甚助を呼び、民造の家まで案内するように頼んだ。

「おれも行こう。もし、途中で賊と出くわすようなことになったら困るだろう」

十蔵が名乗り出たので、兼四郎はそうしてくれと頼んだ。

三人が夜道に戻っていくと、兼四郎は宿役人らと周兵衛の家に入った。戸口の先にある廊下に男が倒れていた。それが名主の周兵衛だった。背中を断ち斬られており、廊下には血糊《ちのり》が広がっていた。

宿役人はそれを見ただけで、立ち竦《すく》んでいた。兼四郎は燭台をつけ、提灯の灯りを頼りに家のなかを見てまわった。

座敷に年老いた男が仰向けに倒れていた。殺された周兵衛の父親だ。その近くに中年の女。周兵衛の女房だった。さらに縁側にひとり。これは周兵衛の長男で、近くの座敷に十二、三歳の少女が死んでいた。これは絞殺だとわかった。

奥の座敷、ここは寝間に使われていたらしく夜具《やぐ》が延べられ、その上に全裸の女が横たわっていた。胸に刺し傷があった。犯されて殺されたのはあきらかだが、なんともむごたらしい姿である。

兼四郎は目をそむけたくなったが、まだ息があるかもしれぬと思い脈を取った。しかし、すでに事切れていた。

血の乾き具合から見て、死後二刻（約四時間）はたっていると思われた。おそらく夕刻に殺されたのだ。

仏間にある仏壇の抽斗《ひきだし》や座敷にある簞笥《たんす》が開け放され、漁られた形跡があった。居間にある茶簞笥も同じだった。

賊は一家を皆殺しにして金目のものを物色したのだ。

「八雲様、どんな様子でしょう……？」

恐る恐る声をかけてくるのは、一の本陣（問屋場）の岡田加兵衛だった。

「皆殺しだ。いかほどかわからぬが、金も盗まれているようだ」

答えた兼四郎は、さらに家のなかを見てまわった。他に殺された者はいなかった。つまり、死体は六人である。

「死体はどうする？」

兼四郎は加兵衛に声をかけた。

「いま、そのことを相談していたのです。今夜は一度引きあげ、明日の朝明るくなってから村の者に手伝ってもらおうと思います」

「だが、このまま死体を放ってはおけぬな」

「廊下に集めてなにか掛けておきましょう」

「そうしてくれ。おれはもう一度家のなかをあらためる」

兼四郎は台所や納戸、さらには家のまわりを見ていった。提灯の灯りだけでは仔細なことはわからなかった。

表から屋内に戻ると、十蔵と定次が呼びに行った村田善之助たちが到着した。

「村田さん、芦原吉之助らは五人だとおっしゃいましたね」

「そのはずだ」

善之助は死体を見てから、かたい表情で答えた。

「すると、やはり吉之助らの仕業だと考えてよいだろう。そこの座敷には皿や丼、そして箸が五膳ある。やつらはここで飲み食いをしていたのだ」

皿や丼の他に、猪口と酒徳利《さけどっくり》も転がっていた。猪口も五つあった。

「家のなかを見せてもらう」

善之助は自分の目でたしかめたいらしく、手燭を持って各部屋を見てまわった。そのあとで、

「簞笥のなかが空っぽだ」

と、兼四郎のそばに戻ってきていった。賊は着物を盗んだのかもしれない。

「旦那」

表から縁側の雨戸を開けて定次が顔をのぞかせた。

「どうした？」

「袈裟や蓑《みの》があります。修験者の衣服です」

定次は片手に持っている白い袈裟を掲げ見せた。

「やはり、吉之助らの仕業なのだ。これではっきりした」

善之助が歯噛みしながら声を漏らした。

「やつらはどこに行ったのだろう？」

十蔵が疑問を呈する。

「いずれにせよ、明日の朝、明るくなってからもう一度調べよう。こう暗くては仔細は詮議できぬ」

兼四郎はそういって短く嘆息した。

「あの、八雲様、こちらの方は？」

問屋の加兵衛が訝《いぶか》しげな顔を向けてきて、善之助を見た。

「賊を追っている大河内家の方だ。村田善之助殿とおっしゃる。村田さん、こちらは蕨宿の問屋・岡田加兵衛だ」

兼四郎に紹介された加兵衛は、

「すると高崎から」

と、驚き顔で善之助たちを見た。

「この一件、身共らが片づける。賊のことはわかっている。だが、人知れず宿場に忍び込んでいるやもしれぬ。気をつけるのだ」

善之助にいわれた加兵衛は、ごくりと固唾を呑んだ。

二

翌朝は木枯らしが吹き荒れていた。

宿往還には土埃が立ち、商家の暖簾がめくれ、通りを歩く者は前屈みにならなければならなかった。

兼四郎と十蔵、そして定次は上州屋で朝餉を食べ終えると、宿場を離れて野路を辿っていた。乾いた田畑にも土埃があがっており、一瞬視界を塞ぐこともあった。

「もう村田さんたちは来ていますかね」

引き廻し合羽を風になびかせている十蔵が兼四郎を見た。

「来ているかもしれぬ」

兼四郎は編笠が飛ばされないように片手で押さえていた。

「旦那、宿役人らが来ました」

定次の声に兼四郎が振り返ると、一町ほどあとから十人ほどの者たちが足を急がせていた。一の本陣と二の本陣に詰めている者たちだった。

新曾村の名主・周兵衛宅に到着すると、すでに善之助と孫蔵と冬吉の姿があった。

「なにかわかりましたか？」

兼四郎は挨拶をしたあとで善之助に聞いた。

「やはり、やつらは着替えている。昨夜は表の庭にもあったが、座敷奥の納戸にも、やつらが身につけていた袈裟や蓑が丸めてあった」

そんな話をしていると、遅れてやってきた宿役人たちが戸口前に集まった。

兼四郎は死体の処理を宿役人たちにまかせ、賊を追う手掛かりをつかむために家のなかを仔細に検分していった。

しかし、新たな発見はなく、吉之助らの残虐な行為が浮き彫りになっただけだった。昨夜は暗かったので見えなかったが、唐紙にも障子にも血痕が走り、畳は血を吸ってどす黒くなっていた。

「可哀想に可哀想に、なんでこんなひどいことに……なんの罪があったってんだ」

死体に筵《むしろ》掛けしている馬指だった。周兵衛の身内を知っているらしく、これは長男の周吉《しゆうきち》で、手込めにされたあとで殺されたらしい娘はおそねというらしい。馬指はその名を呼んで嗚咽《おえつ》を漏らしていた。

「加兵衛、じつはこの近くにも死体が四つある。埋めているが、掘り起こして茶毘に付してくれぬか。そのうえで、遺骨を預かってもらいたい」

善之助が一の本陣の問屋にいった。

「四つもでございますか」

加兵衛は目をみはって驚く。

「いずれも元高崎藩士だ。二人は賊の仲間だが、死んだ者まで恨むことはない。頼まれてくれまいか」

「承知いたしました。それで、その場所は？」

善之助は冬吉を見て、加兵衛らを案内するように指図した。

無惨にも殺された周兵衛一家の死体は庭に並べられ、村の肝煎りにあとの始末をまかせることとなった。

「村田さんはなかなかの人物であるな」

兼四郎は家の裏にまわりながら、あとをついてくる十蔵にいった。

「たしかにできた人だと思います。大河内家もああいう人に暇を出すとは、損なことをします」

「仕えている主君にもよるだろうが、お役割りがいつも正しいとはかぎらぬ。まあることであろう」

兼四郎は庭の隅々に目を光らせていた。なにか賊の落とし物はないか、追う手掛かりはないかと思うが、これといったものを見つけることはできなかった。もう一度家のなかに戻って、各部屋をあらため直したが、同じことであった。

「村田さん、これからいかがされます？」

兼四郎に聞かれた善之助は、遠くに目を向けて短く考えた。

「賊は村を離れているだろうが、さて、どこへ行ったやら。これまでは修験者の身なりがひとつの目印であったが、浪人の風体に身を戻していれば……」

善之助は唇を嚙んだ。

「賊は五人でございましたね」

定次だった。善之助は定次を見た。

「さよう。そのはずだ」

「そうだとすれば、賊は散り散りに動かないのではありませんか。おそらく五人いっしょに動いているのでは……」

善之助はくわっと目を見開き、定次を見て感心顔をした。

「たしかにそうだな。そうか、五人組の浪人を捜せばよいか」

「浪人なら村を歩くより、街道を歩いたほうが目立たない」

兼四郎がいうと、

「すると宿場ということになる」

と、善之助が応じた。

「では、ここは加兵衛らにまかせて宿場に戻りますか」

「そうするしかあるまい」

善之助はそういったあとで、冬吉を待たなければならないので、

「八雲殿らは先に宿場に行ってくれるか。あとで落ち合うことにいたす」

と、付け加えた。

「わたしたちは上州屋という旅籠を宿にしております。そこで待っていましょう」

「承知した」

兼四郎は十蔵と定次をうながして、一旦宿場に戻ることにした。

木枯らしは吹きつづいていたが、先ほどより弱くなっていた。

「見つけられますかね」

十蔵が横に並んでいう。

「捜し出すしかない」

「旦那、村田様は賊の頭の顔をご存じです。芦原吉之助というようですが、その男の人相書を作ったらどうでしょう。他の仲間のことはよくわかりませんが……」

定次だった。

「人相書か。いい考えだ。よし、宿場に戻ったら絵師がいないか聞いてみよう」

三

吉之助らは蕨宿の北にある辻村《つじむら》に来ていた。朝から木枯らしが吹きつづけているので、冷たい風を避けるために、和光院《わこういん》という寺の境内で休んでいた。

みんなは寒さをしのぐために山門脇で焚き火をして暖を取っていた。僧侶はいないらしく、火を焚いても誰も出てこない。

「さて、いかがする？」

細野恵巳蔵が団子鼻を赤くした顔を向けてきた。

「いかがするもなにもない。村田善之助らを始末するだけだ。やつらを生かしておれば、この先面倒だ。そうであろう」

吉之助は仲間を眺める。

「面倒であろうが、やつらの居所がわからぬのだ」

「仲間を集めていたらどうする？　おれたちはいま五人だ」

島崎満作が削《そ》げた頬の上にあるぎょろ目を厳しくして吉之助を見た。

「満作、臆したか？　おぬしにしては弱気なことをいう」

「弱気になっておるのではない。下手にかまわず、おれたちは板橋宿に入ればよいではないか。金はあるのだ。これ以上面倒にかまうことはない。おれはさように思うのだ。みんなはどうだ？」

満作は恵巳蔵、小笠原洋太郎、古川才一郎を順繰りに眺めた。おれに同意しろとその顔がいっていた。

「村田善之助は必ず追ってくる。そういう男なのだ。おれは村田が村横目をやっているとき、下についていた。村田を甘く見ると、必ずしっぺ返しがある。先方からあらわれたのだ。この機を逃す手はない」

一同は薪の炎を見て考えるように黙り込んだ。

林のなかで鵯《ひよどり》がさかんに鳴いている。

「おれは彦助と喜作の敵を討ちたい。あの二人は村田善之助たちに殺されたのだ」

顔をあげていったのはしゃくれ顎の小笠原洋太郎だった。

吉之助は洋太郎を見た。村田善之助らに殺された沢崎彦助と松岡喜作は、洋太郎と遠縁の間柄で、幼なじみだった。足軽だった頃も、三人は同じ組頭の下にいた。

「洋太郎はそういっている。彦助と喜作の恨みを晴らさなければならんのだ」

吉之助はもう一度仲間を眺めた。

焚き火がぱちぱちっと爆ぜた。

「やるとしても、この恰好はどうにかしなければならん」

古川才一郎だった。彼ひとりだけ野良着だった。新曾村の名主・周兵衛の家で着物を物色したが、才一郎は背が高いので体に合う着物がなかった。しかたなく股引《ももひき》に半纏を着込み、褞袍《どてら》を羽織っていた。

「才一郎、そうはいうがなかなか似合っておるぞ」

満作が冗談めかしていえば、才一郎は狐目を鋭くしてにらみ返した。

「冷やかすでない。こういうことだったら法衣を捨てなければよかった」

「たわけたことをいうでない。村田らはわしらのことを捜しだした。それは修験者の衣が目印になったからだ。そうであろう」

「才一郎、どこかでおぬしの着物を用立てよう。それに今夜の塒《ねぐら》を探さなければならん。野宿をするわけにはいかぬからな」

吉之助が宥めた。

「もっともだ。それに腹も減った」

そういって立ちあがったのは島崎満作だった。

「先に塒を探し、向後のことを考えようではないか」

「そうするか……」

吉之助も立ちあがった。

五人は寺の境内を出ると、野路を辿った。

風は朝より弱くなっていたが、冷え込みは厳しくなっていた。頭上には雪を降らせそうな雲が広がってもいる。

農閑期なので周囲の田畑で野良仕事をしている百姓の姿は見えなかった。

彼らは一度中山道に戻り、しばらく往還を辿り、古鎌倉《こかまくら》街道と交差した先で一軒の家に目をつけた。柘植《つげ》の生け垣をめぐらしているので、百姓の家にしてはめずらしかった。浦和か蕨あたりの商家の別宅かもしれない。たまに金のある商人が妾《めかけ》を囲っている家がある。吉之助はそうかもしれないと思った。

吉之助があの家はどうだと、仲間に問えば、みんないいだろうという顔でうなずいた。

「お頼み申す」

戸口の前で声をかけると、しばらくして中年の女が出てきた。怪訝そうな顔で吉之助とその背後にいる仲間を一瞥《いちべつ》して、

「なんでございましょう？」

と、気の強そうな目つきで答えた。

「身共らは旅の者であるが道に迷い、喉が渇いた。水を飲ませてもらい、少々休ませていただきたい。迷惑は承知のうえでお頼み申す」

吉之助が低姿勢でいっても、女は警戒の目を向けたまま思案した。

「亭主が留守をしています。お困りだとは思いますが、どこか他の家に行ってい

ただけませぬか。街道に出た先にも何軒かの家があります」

女はそのまま戸を閉めようとした。だが、吉之助は手を伸ばして制した。

「困っている旅の侍が頼んでいるのだ。むげに断るとは心外である。水を飲んで少し休むだけだ」

女は強くにらんできたが、水だけならと折れて、土間奥に向かった。そこが台所になっているのだ。

吉之助は仲間を振り返って、顎をしゃくり、家のなかに入った。女は警戒したまま、台所の奥に立った。背後には勝手口の戸があった。

吉之助は柄杓《ひしゃく》を取って水甕《みずがめ》の水を飲み、

「ご亭主は留守だと申したが、侍か?」

と、女を見て問うた。三十半ばの薹《とう》の立った女で、着ている着物は古そうだが接ぎなどはなかった。

「鳥見役《とりみやく》・星野《ほしの》様に仕えています」

「すると鷹番《たかばん》か郷鳥見《ごうとりみ》か……?」

このあたりは紀伊《きい》家の鷹場で、鳥見役人がいるのは知っていた。紀伊家の鳥見がいかほどの禄をもらっているか不明だが、公儀御用の鳥見なら八十俵・野扶持五口に伝馬《てんま》金十両をもらう。その下に鷹番と、野廻りと呼ばれる郷鳥見がいた。

「野廻りをしているのです」

内儀は吉之助をにらむように見ながら答えた。

「ご亭主はお役人であったか。その留守の間に、相すまぬことだ」

吉之助はそういって、座敷とその先の部屋に視線を走らせた。小さな家ではあるが、掃除が行き届いている。

郷鳥見は村役から選ばれるか、出張ってきた鳥見の家来のときもある。おそらくこの家の主は、紀伊家の鳥見の下役であろう。つまり、紀伊家の家臣ということだ。

「お発ちください」

内儀はみんなが水を飲み終えたのを見ていった。

「ひと休みさせてもらう」

吉之助は上がり框に腰をおろした。仲間もそれにならって座った。内儀のきつい顔がさらに険阻《けんそ》になった。

そのとき、玄関の戸が開けられ、大小を差した小柄な男が姿をあらわし、ぎょっとなって吉之助らを見た。

四

「なかなかよくできておる」

村田善之助は出来上がった芦原吉之助の人相書を見て満足げだった。

これを描いたのは、二の本陣に詰めている帳付だった。絵心があるから描いてみるというので、まかせたら思いの外《ほか》達者だったので兼四郎も感心をした。

「村田さん、それで他の賊の顔はわかりませんか。できれば五人分の人相書があればよいのですが……」

兼四郎は善之助を見るが、

「それがよくわからぬのだ。おそらく吉之助の同輩だと思うのだが、やつらは足軽の軽輩。身共との繋がりが薄い。それにしかと顔をたしかめておらぬのだ」

「岩野殿は？」

兼四郎は岩野孫蔵を見たが、首を横に振られた。伊沢冬吉も顔は見てはいるが、人相書を作るほどたしかなことを覚えていないという。

「まあ、賊の頭である芦原吉之助の人相書ができただけでもよいではありませんか。なにもないよりましでございましょう」

十蔵が茶を飲んでいった。たしかにそうである。

そこは二の本陣の小座敷だった。

「それでこれからどうします？　みんなで手分けして賊を捜しますか……」

兼四郎に問いかけられた善之助は、思慮深い目を宙に向けて短く考えた。肩幅が広くがっちりした体つきだ。

やがて、善之助は太い眉を動かして静かに口を開いた。

「芦原吉之助は、わしの下で二年ほどはたらいておった。その間に、わしはやつの性分を知った。その性分がよいほうに向けば、よきはたらきをする男だと。さりながら、しくじりをやらかして叱られると、とたんに掌を返す。相手が上役でも食ってかかる始末だ。おのれの非を素直に受け入れぬ男で、執念深くもあり逆恨みもする。上役に口答えするのは、同輩の者たちにおのれの度胸のよさをひけらかすためだ。そうやって軽輩の者たちから畏敬のこもった目で見られるのを好み、同輩を束ねたがる男だ。藩政に盾突くように一揆を煽ったのも、暇を出した藩への逆恨みと取れる」

「……」

「やつはわしらに狙われていたことを知った。そしていまも追われる身だと悟っているだろう。そんなとき、あやつがどう考えるか、そのことを推量した」

善之助は舌を湿らすように茶に口をつけてつづける。

「おそらく、やつはわしの命を狙うはずだ。やつの仲間をわしらは斬ってもいる。それに、わしらがいまや大河内家から暇を出されたことも知っている。つまり、あやつらと身共らは同じ浪人身分。おそらく嚙みついてくると考えられる」

「逃げていないとお考えで……」

十蔵だった。

「いまは姿を隠しているだろうが、ひそかにわしらを狙っているかもしれぬ。いまこうやっているときも……」

十蔵は閉まっている戸口のほうに目を向け、顔を戻して口を開いた。

「とにかく人相書を配るべきではありませんか」

「そうだな」

善之助はそう応じてから、絵心のある帳付に描けるだけ描いてくれと頼んだ。

「村田さん、とにかくやつらがどこにいるかわかりませんが、さしずめおれたちは街道筋を見廻ってくることにします」

兼四郎がいった。もう互いに砕けた言葉遣いをしていた。

「ならばわしらは、宿場近くの村をまわることにしよう」

「日が暮れる前には上州屋に戻りますので、そのときにまた相談させてください」

兼四郎は描き上がった人相書を五枚ほど受け取って、十蔵と定次をうながして表に出た。

「村田さんはああいいましたが、どうなんでしょう?」

十蔵が顔を向けてきた。兼四郎はなにがいいたいのかすぐに理解した。善之助は芦原吉之助の性分を知っているから、自分の命を狙うために遠くに行っていないといったが、実際のところはわからない。

賊徒に成り下がっている吉之助らは、人を殺すと同時に金を奪っている。その高がいかほどかわからないが、懐に余裕があれば、村田善之助らの命を狙うのは得策ではない。下手をすれば自分も命を落とすことになるのだ。

金に余裕があれば、あえて危険を冒すのは愚かなことではなかろうか。

「なんともいえぬ」

兼四郎はそう答えるしかない。

「もし、わたしが芦原吉之助だとすれば、さっさと遠くへ行って楽な暮らしをしようと考えるはずです。国許に帰ることはできぬでしょうが、江戸なら身をひそめる場所はいくらでもあります」

「たしかにおぬしのいうとおりだろう。されど……」

「なんでしょう」

「もし、逃げたとしても安穏な暮らしはできぬはずだ。いつどこでどんなきっかけで、村田さんらに居所を知られるかわからぬ。そのことを考えたら心穏やかではいられぬ。なんの心配もすることなく余生を送りたければ、村田さんらの息の根を止めるしかない」

「八雲さんはさように考えられますか？」

「そんな考え方もあるということだ」

「ともあれ、いまは人相書だけが頼りということですか……」

十蔵は雲行きのあやしい空を見あげて嘆息した。

「とにかく人相書を配って、やつらの尻尾《しっぽ》をつかもう」

兼四郎は足を速めた。

俗に野廻りと呼ばれる郷鳥見の名は古市貞治郎《ふるいちさだじろう》といった。妻は佐久《さく》という名だった。

五

貞治郎は旅の途中で道に迷い困っているという芦原吉之助の話を聞き、それならお困りでござろう、しばし休んで行かれるがよいと、警戒心を解かない妻の佐久にはかまわず、吉之助らを座敷にあげていた。

吉之助は油断ならぬ野廻りだと茶飲み話をしながら、古市貞治郎のことを内心で警戒していた。気に食わぬのが、貞治郎の言葉の端々に紀伊家を笠に着ているという驕《おご》りがあることだ。

「それにしても会津から江戸へ向かわれるのに、道に迷われるとは難儀でございますな」

「夜道を急ぐうちに迷ったのです」

吉之助は自分たちは会津松平家の者で、公用で江戸に向かう途中だと話し、荷物が少ないことを不審に思われると、途中の旅籠で盗人に持ち物を奪われたと説明していた。

そのことを貞治郎が信じているかどうかわからないが、吉之助は慎重に受け答えをしていた。

なにせ、相手は紀伊徳川家の家来である。もっとも下っ端役人に違いないが、上役の鳥見がどうの、北条采女《ほうじょううねめ》という鳥見頭が近く検分に来るともいう。もし、それがほんとうなら面倒である。

鳥見頭といえば二百石取りの御目見《おめみ》えである。もっともそれは公儀鳥見頭の場合であるが、紀伊家もそれに準じていると考えられる。それに鳥見頭が単独で来ることは考えられない。少なくとも五、六人の従者を連れてくるはずだ。

吉之助はそのあたりのことを詳しく知りたかった。鳥見は鷹場の管理・獲物の鳥類の調査の他に、鷹場の治安維持や密猟の取締りをやり、村々の統制にもあたる。

もし、鳥見頭がやってくるのならば、吉之助らは十分な注意をしなければならない。

「されど、ご心配ござらぬ。そこの往還は中山道でござるし、少し先に行けば蕨宿がござる。宿場には旅籠もあるので、一泊されたのち江戸に入られるがよかろう」

貞治郎は親切なことをいうが、目には不審の色があった。

(こやつ、あくまでもおれたちを疑っている)

吉之助はそう思わずにはおれなかった。ときどき仲間の顔を見ては、目顔でおれにまかせておけという意思を伝えていた。

「外も暗くなりました。日が落ちないうちに発たれたほうがよいと思いますが……」

妻の佐久は吉之助らを煙たがっている。警戒心も解いていない。

「そうでございますな。暗くならぬうちに発ちましょう。いや、すっかりお邪魔いたし、馳走になり申した」

吉之助が礼をいうと、貞治郎は表まで送っていこうと腰をあげた。

「お内儀、邪魔をいたし世話をおかけしました」

吉之助は礼をいったが、佐久は早く出て行ってくれという顔で目を伏せただけだった。

「芦原殿、会津から見えたとおっしゃるが、ずいぶん道をそれましたな」

表に出たところで貞治郎が声をかけてきた。吉之助は振り返って、

「近道をしようと考えたのが間違いでござった」

と、応じた。

「街道筋を荒らしている賊がいると申します。存分にご注意召されよ」

「賊ですか……」

吉之助は貞治郎を振り返った。あたりはもう暗くなっているので、貞治郎の顔が黒く見えた。

「さよう。修験者に化けて名主の家や商家を襲っているといいます。とんだ悪党です」

「用心しなければなりませんな」

吉之助は内心で身構えた。やはり、この男は自分たちを疑っているとわかった。

「して、江戸屋敷はどこにございまする？」

貞治郎が穿鑿《せんさく》する目を向けてきた。吉之助は即答できないので仲間を見たが、誰も代わりに答えられる者はいない。

「江戸へは初めての旅であるゆえ、江戸に入ればわかると上役にいわれています」

「それはおかしなことを。すると、参勤はされておらぬのか。そんな方が江戸に遣わされるとは妙な話だ」

貞治郎の目にはっきりと疑心の色が浮かんだ。同時に腰の刀に手をやった。

「そのほうら会津松平家の者ではなかろう」

もはや吉之助に躊躇いはなかった。

「ならばいかがする」

吉之助はいい放つなり、刀を鞘走らせた。ほぼ同時に貞治郎の刀が下段から打ちあげられ、吉之助の一撃が払われた。

両者は俊敏に跳びしさり、間合い二間で対峙した。吉之助はいまの動きで、貞治郎がかなりの剣の腕があることを知った。

島崎満作と古川才一郎が貞治郎の背後にまわり、細野恵巳蔵と小笠原洋太郎が貞治郎の脇に立った。貞治郎は囲まれた恰好であるが、一切臆してはいなかった。それだけ腕に自信があるのだ。

「きさまら、会津松平家の者だと騙る狼藉者であろう」

貞治郎は腰を低く落とし、刀を右下段に構えたまま吉之助と周囲の者たちに警戒の目を配っている。

「小癪《こしやく》な野郎だ」

恵巳蔵が吐き捨てるなり横合いから貞治郎に斬りかかった。その一撃はすくいあげられるなり、横に鋭く振り抜かれ、撃ちかかろうとしていた才一郎の動きを止めた。

「手出し無用。おれが相手をする」

吉之助は仲間にいい聞かせるようにいって、下がるように首を振った。

その間に貞治郎がじりじりと間合いを詰めてきた。吉之助の乱れた鬢《びん》が寒風に揺れ、足許の地面から土埃があがった。

貞治郎が右脇に刀を構え、柄頭を吉之助に向けた。奇妙な構えだ。

(こやつ居合いを……)

吉之助がそう思ったとき、貞治郎の体が低く沈んだかと思うと、後ろを向いていた剣先が、電光の速さで鼻先を掠《かす》めた。刃風が吉之助の頬を切り裂くように去り、即座に上段から撃ち込まれてきた。

だが、吉之助は半身をひねってかわした。貞治郎の刀は空を切り、体の均衡が乱れた。瞬間、その背中に恵巳蔵の一太刀が浴びせられた。

「うぐっ」

一歩足を踏み出して貞治郎は堪えたが、吉之助の刀がうなりをあげて、肩口をざっくり斬り裂いていた。

血飛沫《ちしぶき》が薄暗い闇に迸《ほとばし》り、貞治郎の体は独楽《こま》のようにまわって大地に倒れた。

「こやつ、思いもよらず手練れであった」

吉之助は両肩を大きく上下に動かして息を吐き、屍《しかばね》となった貞治郎を見下ろした。

「こやつの妻はどうする？」

満作が聞いてきた。

「生かしてはおけぬ」

六

その日、兼四郎たちは街道沿いを歩いて探索をしたが、賊の手掛かりをつかむことはできなかった。村田善之助も近場の村を捜索したが、賊の所在はわからぬままだった。

「人相書を配ったので、明日あたりなにかわかるやもしれぬ」

兼四郎は上州屋の客間に落ち着くと、目の前に座った村田善之助の顔を見た。

善之助たちも上州屋に草鞋を脱いでいた。

「気になることがある」

善之助は茶に口をつけて兼四郎を見た。

「人相書を配るのはよかったかもしれぬが、吉之助らがそれに気づいたら逃げるのではないだろうか……」

兼四郎はカッと目をみはった。それは考えられることだった。

「やつらの尻尾をつかむためには、人相書は無駄にならぬのではありませぬか」

十蔵が言葉を挟み、善之助を見た。

「気づいたら逃げますか？　村田さんの命を狙う男なら、人相書ぐらいでは動じないのでは。もっとも、用心深くなるでしょうが……」

兼四郎は善之助を見、孫蔵と冬吉にも目を注いだ。三人は互いの顔を見合わせたあとで、孫蔵が口を開いた。

「善之助、おれは吉之助が逃げるとは思わぬ。おぬしが考えているように、やつはおれたちを放ってはおかぬはずだ。そうではないか」

「うむ」

善之助は思慮深い顔でうなずき、湯呑みをつかんで兼四郎に顔を向けた。

「明日様子を見ましょう。こっちは人相書を作って手配した。もし、やつがそのことに気づいたならば、なんらかの動きを見せるはずだ」

「なんらかの動きとは……？」

「わからぬ。わからぬが、やつはわしらに追われていることを知っている。下手に逃げるより先にわしらを討とうと考えるかもしれぬ」

「おれもそう思う。吉之助は仕掛けてくるような気がする」

岩野孫蔵は眉間にあるしわをさらに深くして兼四郎を見た。

「そんな男ですか」

「やつの性分はわかっておる。逃げることを好まぬ男だ」

「しかし、不意をつかれるのは分が悪うございます。やはり、やつらの尻尾を先につかむのが肝要でございましょう。敵のことを先に知るのは兵法の道理」

十蔵はそういってみんなを眺めた。

「もっともなことだ」

兼四郎は同意したあとで、言葉を足した。

「ともあれ、明日も捜すしかありません」

兼四郎たちは翌朝も、同じように芦原吉之助ら一行の賊捜しを行ったが、人相書の手応えもなく、また五人の集団となって動いている侍を見た者もいなかった。

人相書は問屋場の前の高札と、宿場の江戸側と浦和側に新たな高札を立て目立つように貼られたが、賊を見たという届けはいっこうに入ってこなかった。

正午をまわったとき、兼四郎は問屋場のそばにある茶屋で一服していた。同じ床几に村田善之助が腰をおろしていた。

「村田さん、賊を捜すのは意地でございますか？」

兼四郎は湯呑みを置いて善之助を見た。太い眉の下に鋭い眼光がある。

「意地といわれれば意地もあるだろうが、やつらを追ううちに気持ちが変わった」

「変わったとは……？」

「すでに申したことだが、賊を捕まえるという手柄を立て、再び召し抱えてもらおうという思いがあったのはたしかだ。されど、やつらの非道を知るうちに、武士として大河内家の元家臣としての義憤を抑えられなくなった。再仕官は願ってもないことであるが、もはやそのことは忘れている」

「つまり、いまは正義のために芦原吉之助一党を討ち果たしたいと……さようこ」

「放ってはおけぬ輩だ。孫蔵や冬吉もそれは同じである。もっとも孫蔵は、やつらに殺された二人の怨念を晴らそうという気持ちが強いが……」

「殺された二人も村田さんと同じ村横目だったのですか?」

「いや、違う。あの二人は公事方の同心で、城下にある大瀧《おおたき》道場の仲間であった」

「大瀧道場……」

「富樫《とがし》一刀流の道場である。芦原吉之助も同じ門下だった」

「なぜ、賊が芦原だとわかったのです?」

そのことは聞いていなかった。

「吉之助は暇を出された男だった。かく申すわしも同じではあるが、あやつは一年ほど前にお役御免になっていた。その間に、百姓らを煽って大きな一揆を起こした。わしは藩命を受け吉之助を捜したが見つけることはできなかった。そして、わしもお役を解かれ、藩から暇を出された。修験者の賊が跋扈《ばっこ》しているという噂を聞いたのは、それからしばらくのちだ。藩は探索に出たが賊の尻尾をつかむことはできなかった。そんなとき、わしは吉之助が俗世を離れ修験者になるといって、家を出ていることを知った。賊はやつだったかと見当をつけ、仲間を募って追うことにした」

「そのときは再仕官を願ってのことだった」

「いかにも。されど、もうそんなことはどうでもよくなった。残虐非道な行いをつづけるやつらのことが許せなくなった。人にあるまじき行為だ。許せることではない」

善之助は膝に置いた両手の拳をにぎり締め、口を真一文字に結んだあとで、言葉を足した。

「探索をはじめたときは、噂の賊が吉之助らだというたしかな証拠はなかった。もし、賊のなかに吉之助がいなくても召し捕るという気概があった。ところが、探っているうちに賊の頭の風貌と歳まわりを聞いて、吉之助に相違ないとわかった」

「それは誰に聞かれたのです？」

「襲われた商家や百姓一家には、難を逃れた者が何人かいた。その者たちの話を聞いたのだ。そしてようやくやつらを見つけることができたのだが、不覚を取った」

善之助がそういって悔しそうに口をねじ曲げたとき、定次がやってきた。

「旦那、おかしなやつを見ました」

定次は息を切らしていた。

「おかしなやつとは……？」

「見た目は百姓だったのですが、高札に貼ってある人相書をためつすがめつ見て、来た道を急ぎ足で後戻りしたのです。これはおかしいと思い尾《つ》けたのですが、宿場を離れた村で見失いました」

兼四郎はきらっと目を光らせた。

「そやつはどっちから来たのだ？」

「浦和宿のほうからやってきて、高札の前で立ち止まり、人相書を見るなりきびすを返したのです」

「すると浦和宿のほうへ戻ったのだな。顔は見たか？」

「頰《ほ》っ被《かむ》りをしておりましたので顔は見ていませんが、茣蓙《ござ》でくるんだ長細いものを抱え持っていました。あれは刀だったと思うのです」

「その者はひとりだったか？」

善之助だった。

「ひとりでした」

善之助は視線を短く泳がせ、

「吉之助の仲間かもしれぬ。そうであれば、この宿場の様子を見に来たのだ」

と、確信ある顔つきになった。

「もし、やつらが近くにいるなら、もう一度やってくるのでは……」

兼四郎がつぶやくようにいうと、

「それは大いに考えられる」

と、善之助が目を光らせた。

七

芦原吉之助は辻村の野廻りだった古市貞治郎の家に居座っていた。貞治郎を斬り捨てたあと、家に戻り妻の佐久にしばらく厄介になるといったら、佐久は夫のことを聞いた。

吉之助が愚弄されたので斬り捨てたとあっさり答えると、佐久は金切り声をあげてつかみかかってきた。

すぐに組み伏せて動けなくすると、鳥見頭が来るらしいが、それはいつのことだと問うた。佐久はそんな話は聞いていない、鳥見頭は江戸詰めで、こちらの鷹場に来ることはめったにない、来るときは必ず知らせがあるという。知らせはないのかと聞けば、当分の間沙汰なしだと答え、なぜそんなことを聞くのだという。吉之助はそれ以上の穿鑿はしなかった。

貞治郎は自分たちを脅すために、鳥見頭が来ると嘯《うそぶ》いたのだと知った。佐久を殺《あや》めたのはそのときだ。生かしておくわけにはいかなかった。

「吉之助、これからどうするのだ？」

ぽつねんと座敷に座っていると、裏庭から戻ってきた島崎満作がそばにやってきて聞いた。吉之助は黙したまま満作を眺めた。削げた頬の上にあるぎょろ目がにらむように見てくる。

（なんだ、その目は……）

吉之助は内心でつぶやき、

「おれのやり方に不満でもあるのか？」

と、問うた。

「ある。おぬしは殺しすぎだ」

吉之助はくわっと目を見開いた。

人に意見されたり、頭ごなしに指図されるのは子供の頃から気に食わない。されど、出世など望めぬ軽輩の身だった。苦汁を嘗《な》めて生きるしかなかった。だが、上役に媚《こ》びへつらうようなみっともない真似はしなかった。

「殺したくて殺しているのではない。致し方ないからだ。そうであろう。この家の野廻りはおれたちを穿鑿し、疑い、そして脅しをかけてきた。生かしておけばどうなるか、その先のことを考えたか……」

吉之助は満作を凝視した。

「妻女まで殺した」

「生かしておけばよかったか？　慈悲を与え、生かしておけばおれたちはどうなる？　佐久という妻女は気の強い女だ。おれたちの目を盗んで逃げられたら、どうなると思う。たわけが、いまさら仏心などいらぬことだ」

「たしかにそうであろうが……」

満作はうつむいた。

吉之助はその顔を長々と眺めた。わかっていた。おのれは残忍になりすぎているということを。

しかし、ひとりを斬り二人を斬ったあたりから、人を殺すという異常な行動が心の麻痺《まひ》を起こした。いまや人の死を悼《いた》む気持ちが薄れている。

「薄情で残忍なのは承知のうえだ」

吉之助がつぶやくと、満作が顔をあげた。

「そうやって生きる道を選んだのだ。いまさら後戻りなどできぬのだ」

「では、これからいかがする？　金はそこそこ稼いだのだ。村田善之助のことなど放っておけばよいだろう」

「金は稼いではおらぬ」

満作の片眉が動いた。

「たしかに稼ぎはした。されど、思っていたような金はない。問屋や名主の家にもさほどの金はなかった。おぬしもわかっておろう。等分に分け前を配ったが、あれがすべてだ。余生を楽に送るためにはもっと稼がなければならぬ」

これまで盗み取った金は百五十両もなかった。それを七人でわけた。ひとりあたり二十両と少しである。もっとも、村田らに殺された沢崎と松岡の分もあるが、それを足しても高が知れている。

「おい、今夜の飯の種を採ってきた」

玄関から入ってきたのは細野恵巳蔵だった。笊に入れてある芋と大根と牛蒡《ごぼう》を見せた。

「近くの畑に行けば、他の野菜もある」

恵巳蔵は楽しげな顔をしていたが、吉之助と満作の顔を見て、

「なんだ、どうしたのだ？」

と、訝しげに首をかしげた。

「なんでもない。他のやつはどうした？」

吉之助は火鉢に炭を足して聞いた。

「村をまわっている。じきに戻ってくるだろう」

恵巳蔵が答えたとき、蕨宿の様子を見に行っていた小笠原洋太郎が、息を切らして玄関から飛び込んできた。

「大変だ。人相書が手配りされている」

吉之助ははっとなって洋太郎を見た。洋太郎はしゃくれた顎から落ちる汗をぬぐって言葉を足した。

「人相書は吉之助、おぬしひとりだ。おれたちのはなかった。もっとも吉之助の他に四人いるとあった」

「おれの人相書……」

「さようだ。それにおれは誰かに尾けられた。うまくまいたが、尾けてきた男の

正体はわからぬ」

洋太郎は旅の侍の恰好ではなく、股引に継ぎ接ぎだらけの半纏という身なりになっていた。

「人相書……」

吉之助はもう一度つぶやいて宙の一点を見つめた。代官所が動いているのかと、真っ先に考えた。このあたりは天領である。動くとすれば、赤山陣屋の郡代《ぐんだい》だ。

「洋太郎、おぬしを尾けたやつはどんな男だった? 侍だったか?」

「侍には見えなかった。店者《たなもの》のような身なりだった気がする。気配に気づき、まくのに必死だったからよくは見ておらぬのだ」

店者のような身なりだとすれば、赤山陣屋の手付か手代かもしれぬ。

「ここは知られておらぬな」

吉之助は念を押すように問うた。

「それは心配いらぬ。されど、おぬしが手配りされているのはほんとうだ」

吉之助は舌打ちをした。蕨宿に人相書がまわっているなら、板橋宿にも浦和宿にも配られていると考えてよい。こうなると中山道を使うのは避けなければならない。

「いかがするのだ？」

満作が真剣な目を向けてきた。

「明日、村田善之助を見つけて恨みを晴らす。そのあとで江戸に向かう」

第四章　村廻り

一

村田善之助と岩野孫蔵、そして伊沢冬吉の三人は、蕨宿の外れにある安宿に泊まっていた。木賃宿である。薪代と布団代、そして持ち込んだ米を支払うだけですむので旅籠に泊まるよりはぐっと安あがりだった。ひとり二十六文の勘定だ。しかしなにせ持ち金は少なく、極力節約を強いられているのでしかたなかった。しかし、もうそんな宿には慣れていた。

「昨夜、定次が気になる百姓を見て尾けているらしいが、吉之助の仲間だろうか？」

孫蔵が飯を頬張りながら善之助と冬吉を見た。おかずは沢庵《たくあん》のみだ。

「わからぬが、もしやつの仲間だとすれば、吉之助は自分が手配りされていることを知っている」

善之助はお碗に茶を注いで飯をかき込んだ。

「そうすると、動くかな……」

「警戒して宿場には近寄らないかもしれません。わたしだったらそうします」

冬吉だった。

「そうだな」

善之助は飯碗を置いて、ぶるっと肩をふるわせた。安宿なので隙間風がひどく、手焙りもなかった。

「宿場は避けるかもしれぬ。すると、村にひそむことになるか……」

つぶやくようにいう善之助は、昨夜同じ宿に泊まっている旅の者たちから話を聞いていた。修験者の賊の噂を知っている者もいれば、知らない者もいた。

知っている者は京方面から江戸をめざす貧しい旅人たちだった。大道商人や下等の芸人、そして日雇いの渡り者だった。

怖ろしい修験者の賊がいるという噂を耳にした者はいたが、吉之助らを直接見た者はいなかった。それに噂には尾鰭《おひれ》がついて、賊は天狗のお面を被ってあらわれ、赤子を連れ去るとか、猿のように森のなかを移動しているといった。

「善之助、おぬしは吉之助は逃げずに、おれたちの命を狙うというが、とっくに遠くに行っているかもしれぬ」

孫蔵はそういって、ぬるくなった茶に口をつけた。

「もし逃げていれば追う手立てはないが、ここであきらめるわけにはいかぬ」

「わたしはあきらめませぬ」

冬吉がきりっとした目で断言した。

「ここまで追ってきたのです。なにがなんでも召し捕らえなければなりません。そのために来たのではありませんか。それに、吉崎《よしざき》福助さんと駒野《こまの》八五郎さんの遺恨も晴らしたい。それは岩野さんとて同じではございませぬか」

気丈なことをいう冬吉に、孫蔵はそうであるなと、うなずいた。

「とにかく八雲殿らが味方になっている。なにかよい手立てを考えようではないか」

善之助は大小を引き寄せた。

「今日は天気がよい」

兼四郎は上州屋の表に出るなり、青く晴れわたっている空を見あげた。風もゆるやかである。しかし、往還にはうっすらとした霧が漂っており、商家の軒先には氷柱《つらら》が下がり、屋根は霜で白くなっていた。

「八雲さん、今日こそは捜し出したいものですね」

十蔵が隣に並んでいった。寒いので襟巻きをし、引き廻し合羽に菅笠《すげがさ》を被っていた。

「そのつもりではあるが、賊次第だ。村田さんは賊はまだこの近くにいるとおっしゃるが、じつのところはわからぬ」

「あっしは昨日の百姓が気になります。どうも賊の仲間だった気がしてなりません」

定次は昨夜尾行した男の足の運びや、持ち物が不自然だったことや、吉之助の人相書を長々と見ていたことが気になると昨夜からいっている。

「ともあれ、村田殿とどうするか考えよう」

兼四郎は二人にいって、待ち合わせの茶屋に向かった。

朝の宿往還は人が目立つようになっていた。旅籠から出てくる客もいれば、店を開ける店者、江戸方面と京方面からやってくる旅人、そして農耕馬や大八を引いている者もいる。

江戸寄りの茶屋には、すでに村田善之助らが顔を揃えていた。白い息を吐きながら互いに挨拶を交わすと、早速、今日はどういう探索をしたらよいか相談に入った。

「もし、吉之助らが人相書に気づけば、宿場は通らぬだろうから、姿を見せるとなれば宿場に近い村だと考えてよいかと……」

孫蔵だった。兼四郎は神経質そうな眉間のしわを見て、

「そうかもしれぬが、宿場の見張りを怠るわけにはまいらぬ」

と、言葉を返した。

「もっともなことだ。では、その見張りを誰にする?」

善之助はそういったあとで、吉之助を知っているのは自分たちなので、

「冬吉か孫蔵にまかせようか」

と、兼四郎に打診した。

「吉之助の顔なら人相書があるので、わたしたちもわかるはずです。定次、おまえに頼もう」

兼四郎は定次を見た。

「承知しました。しかし、もし芦原吉之助を見つけたらいかがします？　あっしひとりの手には負えぬと思いますが……」

もっともなことだった。

「ならば、問屋場の馬指か人足指に頼みましょう。心付けをわたせばやってくれるはずです。あの者たちも人相書を見ていますから、まかせてもよいかと思いまするが……」

兼四郎の提案に、みんなはよい考えだといった。

それから二人ひと組になって動くことにした。兼四郎は定次と、十蔵は伊沢冬吉と組み、善之助と岩野孫蔵がいっしょに探索することにした。

「一刻後に、またここで落ち合おう。それでよいかな」

善之助がいうと、みんな同意するようにうなずき、それぞれの方角に散った。

兼四郎と定次は街道の西側の村、善之助と孫蔵は同じ西側の北方面、そして十蔵と冬吉が宿場の東側の村に向かった。

ただし、兼四郎は村に行く前に問屋場に立ち寄り、助吉《すけきち》という馬指と話をして、見張りをやってくれるかと掛け合った。

助吉は気乗りしない顔をしたが、兼四郎が心付けをはずむと掌を返して、

「承知いたしやした。あっしは目を皿にして見張っておきます」

と、現金にも声をはずませた。

二

波川十蔵は善之助に付き従っている伊沢冬吉と、宿場の東へ足を向けた。宿場の裏には用水が流れており、ちょろちょろと水音を立てながら朝日を照り返していた。

目の前に広がる野畑を覆っていた薄い霧が静かに消えていた。空は真っ青に澄みわたっているが、歩くたびに足許の霜柱がざくざくと音を立てた。

野路を歩いていると、先の道からひとりの女が姿をあらわした。肩をすぼめながら急ぎ足でやってくる。その距離が縮まると、女が立ち止まった。

「これは上州屋のお藤ではないか」

十蔵は気づいて声をかけた。

「お役人様でしたか。どなただろうと思いました」

お藤は白い息を吐きながら十蔵と冬吉を眺めた。

「これから仕事であるか？」

「へえ、今朝はおとっつぁんの面倒を見なければならなかったので、遅い勤めになります。どちらへお出かけですか？」

お藤の頰は無花果《いちじく》のように赤くなっていた。美人ではないが、親しみを感じさせる愛嬌のある顔だ。

「この辺の村をまわるのだ」

「怖ろしい悪党をお捜しなんですね。宿場には来てほしくありませんわ」

「この先の村におまえの家があるのか？」

「へえ、塚越《つかこし》村です。北のほうが芝《しば》村で、南に下ると下青木《しもあおき》村になります」

そう教えられてもぴんと来ない。

「父親の面倒を見ていたといったが、寝込んでいるのか？」

「半年前に倒れたんです。村の医者は卒中だといいました。それで、手足が不自由になったんで……」

お藤はそういって、まるめた両手に息を吹きかけた。

「それは大変だな」

「へえ、それでは急ぎますんで……」

お藤はぺこりとお辞儀をして歩き去った。

「孝行娘ですね。上州屋の女中ですか？」

冬吉が歩きながら顔を向けてくる。

「そうだ。なかなかのはたらき者だ。それにしても寝込んでいる父親を抱えているとは知らなかった」

「母親はいないんですかね？」

「さあ、どうだろう。身内のことは聞いておらぬからな。ところで、おぬしはいくつだ？」

十蔵は小柄な冬吉に顔を向けた。

「二十五です。波川さんは？」

「わたしは二十六だ。同じぐらいの年ではないかと思っていたが、やはりそうであったか。親兄弟はいるのだろう」

「弟と妹がいますが、父は三年前に他界しました。母は元気ですが、弟と妹といっしょに内職をしています」

内職は機織《はたお》りだと付け足した。そう聞くだけで、暮らしは大変そうだ。

「おぬしは浪人になっているのだな。禄はなくなったのだろう」

「お役を解かれましたから。されど、もう一度召し抱えるという約束はもらっています。それまで辛抱するしかありません。世の中がよくなれば、藩の景気もよくなるはずですから……。波川さんは浪人奉行のご家来なのですね」

「さようだ。八雲さんとは昔からの付き合いでな。それにあの方と同じ道場にいたことがある。ずいぶん教えてもらったが、一度も勝つことができなかった」

「八雲さんはそんなに強いので……」

「かなう者はいなかった。無敵の男という渾名《あだな》があったぐらいだ。おぬしもかなりやりそうではないか」

「わたしは城下にある富樫一刀流の大瀧道場の門弟でした。村田様はその道場の先輩です。役目も同じでしたが……」

「するとおぬしも村横目だったのか」

「さようです」

二人は互いのことを話しながら野路を辿り、ときどき立ち止まっては周囲に目を配った。賊らしき人の姿を見ることはなかった。

ときどき百姓の家を訪ねて、

「わたしは浪人奉行の家来である。このあたりに凶悪な賊が来ているような噂を聞いている。あやしい者を見なかったか？」

と、問うた。

「怖ろしい賊の噂は聞いていますが、この村であやしい男は見ていません。浪人奉行様が来ているのですか？」

百姓は煤《すす》けた顔のなかにある目をみはった。

「悪党を召し捕りに来ておるのだ。あやしげな者を見たり、なにか面倒があったらすぐに宿場の問屋に知らせてくれ」

十蔵はそういって再び村の道を辿った。霜で白くなっていた畑が、日が昇るにつれて土色の地肌をのぞかせるようになった。ところどころに小さな雑木林があり、鳥たちがかまびすしく鳴いていた。

塚越村をひとまわりすると、芝村へ足を延ばし、途中でひと休みした。

「見あたらぬな。この村には来ておらぬのだろう。それに、村を歩いていればやつらは目立つ。しかし、見た者はいない」

十蔵は地蔵堂の脇にある手頃な石に座って村を眺める。

「どこかにひそんで、わたしらの動きを探っているのかもしれません。油断はできません」

冬吉はきりっと澄んだ目を周囲にめぐらした。

「仲間を殺されているのだったな」

「はい、その敵も討たなければなりません」

冬吉は唇を引き結ぶ。

いろいろ話をしているうちに、十蔵は冬吉に好感を持った。年も変わらないが、飾り気のない篤実《とくじつ》な男だというのがわかった。

「浪人奉行のお役目は長いのですか？」

村を見廻りながら冬吉が聞いてくる。

「じつはこれが初めてなのだ。だから気合いが入っている」

十蔵はぽんと帯をたたいて明るく笑った。

「されど、公儀のお役目ではないのですね」

「うむ。しかれど、そんなことは関係ない。正義の役目だと思ってはたらくのみだ」

「給金はどうなるのです？」

「江戸に岩城升屋という大商家がある。その店の主がもってくれるのだ」

「ご奇特な方がいらっしゃるのですね」

つぶやくようにいう冬吉は、少し羨ましそうな顔をした。

「もうひとまわりして宿場に戻るか」

十蔵がいうと、そうしましょうと冬吉が応じた。

三

芦原吉之助は庭にある椿《つばき》のそばに立ち、往還を歩く者たちを眺めていた。行商人や近所の野良仕事帰りの百姓に旅人が通っているぐらいだ。武士の姿はほとんどない。

吉之助は暇を持て余していた。そこは紀伊家の野廻り・古市貞治郎の家だった。貞治郎と妻の佐久の死体は、裏庭の先にある畑に放って筵をかけ、飛ばされないように重石《おもし》を載せていた。

島崎満作が埋めようといったが、どうせ長くこの家に居座るつもりもないし面倒なので、吉之助は放っておけといって、そのままにしていた。

その満作と細野恵巳蔵は蕨宿に行ったまま、まだ戻ってこない。

百姓に化けている小笠原洋太郎も村を見てくるといって戻らない。

「くそッ」

小さく吐き捨てた吉之助は、椿の蜜を吸いに来た目白《めじろ》を眺めた。小さく囀《さえず》りながら枝に止まり、花の蜜に嘴《くちばし》を伸ばしている。

自分の人相書が作られ手配されていると知り、おれもお尋ね者になったかと思い、少し心が臆していた。

（いったい誰が……）

真っ先に考えたのは代官所だが、自分の顔を知っているのは村田善之助とその仲間だ。

善之助は代官所と手を組んだのか？　そう考えもするが、善之助の一存で宿場の問屋と話をしたのかもしれない。

いずれにしろ、自分はお尋ね者になっているということだけが真実だ。

「吉之助、芋がよく焼けた。食わぬか」

縁側から古川才一郎が声をかけてきた。

吉之助は返事もせず、そのまま家のなかに戻り、座敷にあがった。火鉢の前に座ると、才一郎が焼き芋を差し出した。

「すまぬな」

吉之助は芋をつかんで、薄皮を剝《む》いた。湯気が立ち昇り、甘い匂いが鼻腔《びこう》をくすぐった。

「ほくほくだな」

「ああ、うまく焼けた」

才一郎は五徳《ごとく》に掛けている鉄瓶を取って茶を淹《い》れた。

「この家にはなんでもある。住み心地がよい。野廻りでもいい暮らしができるもんだ。さすが御三家の家来だ」

「それに比べ、大河内家は情けがない。足軽は役に立たぬと思っているのか。いざ戦になれば、足軽は大事な兵《つわもの》であろう」

「いまは戦などないからな。それにおれたちは雑兵に過ぎぬ。茶だ」

吉之助は才一郎が淹れてくれた茶を受け取った。

「いつまでここにいる気だ？　長居はできぬだろう」

才一郎が顔を向けてくる。

「今日様子を見てから決める。村田善之助の居所がわかったら、始末しに行くだけだ。それをすませたら江戸へ向かう」

「江戸でなにをする？」

吉之助はすぐに言葉を返せず、しばらく考えた。湯呑みを包むように持ち、口をつけてから才一郎の細い狐目を見た。

「金を稼がなければならぬ。江戸で稼げるかどうかわからぬ。むろん、江戸には金持ちが多いだろうが、奉行所の目が厳しい。在の村なら夜陰《やいん》に紛れて金のありそうな家を狙うのは容易《たやす》い」

「村の金持ちといっても、高が知れている。いままでそうだった」

たしかにそうであった。盗んだ金は期待に反するものだった。十分な稼ぎにはなっていない。

「仲間が戻ってきたら、そのあたりのことを話し合おう」

才一郎がそういったとき、宿場に行っていた満作と恵巳蔵が戻ってきた。

「吉之助、ほんとうにおぬしの人相書があった。それも問屋場の前と宿場入り口にもあった。板橋のほうへ足を運んでみると、宿外れにもあった。おぬしの顔によく似ておる」

満作がそういって座敷にあがってきた。

「他のやつの人相書はどうなのだ？」

「おぬしのだけだ」

満作は首を横に振って答え、

「ただ、仲間が他に四人いると書かれていた」

と、言葉を足した。

「こんなことになるとは思わなかったが、どうすることもできぬ。それで村田善之助を見つけることはできなかったか?」

吉之助は満作と恵巳蔵を見た。二人は見なかったといった。

「才一郎、古着屋があったので一揃い買ってきた。地味な着物だが、丈はあうはずだ」

恵巳蔵が風呂敷包みを解いて、買ってきた古着を才一郎に差し出した。

「おお、あったか。よかったよかった」

才一郎は喜色を浮かべて早速羽織った。丈はちょうどいいと口許をゆるめ、

「恵巳蔵、恩に着る」

と、礼を述べ、これで侍らしくなれると満足げな顔をした。

村を見に行っていたしゃくれ顎の小笠原洋太郎が戻ってきたのは、それから半刻(約一時間)ほどあとだった。

百姓に化けているその姿は、見事に村の者にしか見えなかった。しかし、洋太郎は気になることを口にした。

「村をまわっている侍が二人いたのだ。ひとりは菅笠に引き廻し合羽、もうひと

りは村田の仲間だ。二人とも若い男だ」

「すると、ひとりは伊沢冬吉だろう」

吉之助は同じ大瀧道場に通っていたので、冬吉のことを知っているし、先日刀を交えたときにも見ている。

「引き廻し合羽の男は村田の仲間か？」

「わからぬが、そう考えていいだろう。気になったのであとを尾けると、宿場に戻った。問屋場のそばで茶を飲んでいたが、そこへまた知らぬ男がやってきた。背の高い立派な野武士のような男だった。見た顔ではなかった」

吉之助は火鉢のなかの炎を見た。

「村田の野郎、仲間を集めたか」

「仲間を増やしているなら、おれたちは分が悪い。村田を討つのはやめるか……」

満作がいうと、すぐに洋太郎が口を挟んだ。

「それはできん。おれは彦助と喜作の敵を討たなければならんのだ。わかってお るだろう」

洋太郎は厳しい顔をして仲間を眺めた。洋太郎は殺された彦助と喜作の遠縁で、足軽時代も同じ組にいた。吉之助にはその思いがわかる。

「洋太郎のいうとおりだ。やつらが宿場にいるのはこれで大まかにわかった。相手の数が多くとも勝ち目はある」

「どうやって勝つと申す？」

満作が削げた頬をさすりながら見てくる。

「おれたちは隙を見せず、相手の隙を窺い不意をつく」

「ふむ。どうしてもやるか」

「やらなければ、ずっと面倒を抱えて生きることになるのだ。そうであろう」

洋太郎が深くうなずくと、恵巳蔵も才一郎もそうだなとうなずいた。

「やるしかないか」

満作も肚を括った顔をした。

四

その日、兼四郎たちの探索はなんの成果もなく終わった。兼四郎は定次といっしょに板橋宿の外れまで行ったが、賊らしき侍も吉之助と思われる男も見られていないことがわかった。

善之助と孫蔵は宿場の西の村をまわり、荒川の近くまで行ったが、やはり同じだった。

「こちらも賊らしき男たちを見たという者はいませんでした」

みんなの報告を聞いたあとで、十蔵が報告した。

「村田さん、いかがされる？　すでに賊は遠くへ行っているかもしれませんよ」

兼四郎は善之助を見た。

そこは上州屋の兼四郎の客間だった。襖を開けて隣の部屋とひとつづきにしていた。

「それは否めぬが、わしはそうは思わぬのだ。吉之助は必ず近くにいる。さような気がしてならぬ」

「気がするだけでは……」

十蔵が首をかしげて腕を組んだ。それを善之助がにらむように見た。

「わしは吉之助の性分をよく知っておる。それにやつは仲間を二人失った。わしらも仲間二人を失っているが、吉之助はきっと敵を取ろうと考えている。それより、まずはわしの命を狙っているであろう」

「村田さん、それはあくまでも推量でございましょう」

「そういわれるとそれまでだが、わしの考えは間違ってはおらぬはずだ」

二人のやり取りを黙って聞いていた兼四郎が、今度は口を開いた。

「宿場で見張りをさせていた馬指の助吉も吉之助を見ていないといった。吉之助は自分の人相書が手配りされたのを知っているのかもしれぬ。そうであれば、宿場には近づかぬだろう」

「さっき問屋場で聞いたのですが、今日の昼間、旅の侍らしい二人組が宿場に来たそうです」

定次だった。全員が定次に目を向けた。

「その二人は浦和のほうからやって来て、宿外れまで行き、また引き返し、古着屋で着物を買って浦和のほうへ去ったらしいのです。おかしいと思いませんか」

「それはまことか」

目を見開いていうのは善之助だった。

「あっしが見たわけではないのでなんともいえませんが、おかしいと思います。その二人は宿場の様子を見に来たのではないでしょうか」

「その二人は北のほうから来て、その道を引き返したのだな」

「そう聞きました」

「八雲殿、やつらは宿場の北にいるのかもしれぬ。ひょっとすると浦和宿にひそんでいるのかもしれぬ。浦和宿に人相書の手配りはしておらぬ」

「昨日、あっしはひとりの百姓を見ています。人相書をためつすがめつ見て、宿場を離れたので、あやしいと思い尾けましたが途中で見失っています。その男が去ったのも北の方角でした」

定次の言葉を受けた岩野孫蔵が色めき立った顔をして、

「善之助、やつらは宿場の北にいると考えていいのではないか」

と、善之助を凝視した。

善之助はしばらく沈思黙考《ちんしもっこう》して口を開いた。

「今日は北のほうを探索していない。明日はみんなで北へ行ってみよう」

「北というと、どのあたりまででしょう？」

十蔵が聞いた。

「この宿場の北といえば、辻村、白幡《しらはた》村、その先は浦和だ」

「明日は浦和まで行ってみましょう。それで異存ありませぬね」

兼四郎が話をとりまとめるようにいって、みんなを眺めた。

「よいだろう。もう日が落ちたようだ。どれわしらは宿に戻って休もう」

善之助が腰をあげようとしたとき、十蔵が待ったをかけるように、

「八雲さん、村田さんらもこの旅籠に泊まってもらったらいかがです？」

と、兼四郎に顔を向けた。

「いや、わしらにはそんな余裕はない。いまの宿で十分だ」

「しかし、いっしょに動くのですから、離れたところにいるよりはこちらにいらしたほうがなにかと都合がよいはずです」

「村田さん、旅籠代はわたしが持ちます。金のことは懸念されなくて結構」

「されど……」

「遠慮はいりません」

兼四郎が言葉を重ねると、

「では甘えさせていただこう。冬吉、さようなことになった。宿を払ってきてくれぬか」

「承知しました」

冬吉が出ていくと、十蔵が下に行って客間のことと、酒肴《しゅこう》の用意をさせるといって立ちあがった。

ほどなくしてお藤が酒の支度をして部屋にやってきた。

「客間はひと部屋でよろしいのですね」

盆を置いてお藤が兼四郎を見た。

「ひと部屋で結構。寝るだけだ」

答えたのは善之助だった。お藤はすぐ隣の部屋を用意するといって下がった。

兼四郎たちは他愛もない話をしながら、酒を満たしたぐい呑みを傾けあった。

宿外れにある木賃宿を払ってきた冬吉が戻ってきたのは、それからすぐのことだった。

「もう表は暗くなっています。日が落ちるのが早いですね」

十蔵の隣に腰をおろした冬吉がそんなことをいって、十蔵の酌を受けた。

兼四郎はその様子を見て、この二人は今日一日で意気投合したのだなと思った。

「お藤はもう帰るらしいですよ」

冬吉が十蔵にいう。

「夜道は危ないな。送ってまいろうか」

十蔵がいえば、

「ならば、わたしもごいっしょします」

冬吉も腰をあげた。

五

表の冷え込みは厳しくなっていた。夜風は肌を刺すように冷たい。

「家には父親ひとりだけなのか?」

十蔵が訊ねると、お藤が顔を向けてきた。その顔は提灯の灯りに染まっていた。

「弟がいます。おとっつぁんの代わりに畑仕事をしてるんですけど、いまは暇なときですから、草鞋を編んだり縄結いをしたりしています」

「この時季はどこも同じのようだな」

冬吉がそういって足許に気をつけろと、お藤にいった。

「わたしも暇があれば、糸紡《いとつむ》ぎや刺子《さしこ》つづりをやっているんですよ。大した稼ぎにはなりませんが……」

お藤は片手に息を吹きかけて歩く。

十蔵は野路の遠くに目をやり、低い山の上に浮かんでいる寒々しい星たちを眺めた。飢饉のせいで百姓たちは苦しい生活を強いられているうえに、年貢を納めなければならない。

痩せてしまった土地の収穫物が少ないので、農閑期になると誰もが副業に精を出す。

男は人足仕事や女たちが作った履物や織物を街道に出て売ったり、江戸に行って日傭取《ひようと》りの出稼ぎをしたりしていた。

「父親の具合は悪いのか？」

十蔵が聞いた。

「少しずつよくなっている気はするのですが、よくはわかりません。右手と右足が不自由なのでわたしと弟がしっかりしなければならないんです」

「孝行な娘だな。されど、嫁にいってもよい年頃ではないか？」

十蔵がいうと、お藤は苦笑を浮かべて、

「貧乏百姓の娘をもらう人はいませんよ。わたしは上州屋さんに雇ってもらい運がよかったです。もうそれだけで贅沢はいえません」

「感心なことを……」

冬吉がうなずきながらつぶやいた。

「あの、もうこの辺で結構です。家はもうすぐそこですから」

お藤はそういって立ち止まり、一町ほど先にある家を指さした。その家は闇のなかに黒く象られていた。

「明日は早く仕事に行きます。送っていただきありがとうございました」

上州屋の躾《しつけ》がいいのか、お藤は礼儀正しく、言葉も丁寧だ。

「では、気をつけてな」

十蔵にいわれ、はいと返事をしたお藤はそのまま歩き去った。十蔵はしばらく見送ってから、「では、戻るか」と冬吉にいってきびすを返した。

「家に戻っても内職仕事をするんでしょうね」

冬吉が歩きながらいう。

「おそらくそうだろう」

「わたしの母と弟たちも同じです。いま頃は機織りをやっていると思います」

冬吉はそういって、

「早く楽をさせてやりたいけれど、ままならないのがなんとももどかしい」

と、つぶやき足した。

十蔵はそんな冬吉を見て、こいつも苦労しているのだなと思った。

二人は提灯の灯りを頼りに来た道を歩きつづける。宿場には小さな灯りがちらほら見えるが、周囲は濃い闇に包まれている。ぽつんと三本の杉が黒い影になっている。そばに地蔵堂があった。

小さな用水にわたされた土橋を過ぎ、雑木林の脇道に入ると急にあたりが暗くなった。どこかで梟《ふくろう》が鳴いていた。犬の遠吠えが寒空にひびいている。

「宿に戻ったら熱い酒を飲みたいですね」

冬吉がそういったときだった。十蔵は背後に人の気配を感じ、刀の柄に手をやった。そのとき一陣の風のように、黒い影が白刃を閃《ひらめ》かせて斬りかかってきた。

キーン。十蔵は即座に払いあげたが、影は身構えて間合いを詰めてくる。

「何者だ？」

「……………」

相手は無言のまま斬りかかってきた。右八相からの袈裟懸けだった。十蔵は刀を引きつけて、後じさってかわした。

「伊沢、灯りを」

十蔵がいうと、冬吉が提灯を掲げた。だが、相手は頰っ被りをしており顔はわからない。十蔵の提灯は道に転がって燃えはじめていた。

相手は下段から斬りあげてきた。刃が冷たい風を切って鋭いうなりを発した。

十蔵は相手が下がったところで踏み込み、横薙ぎに刀を振り抜いた。ぴしっと小さな音とともに、相手の袖口を切っていた。さらに相手は下がった。

「何故の狼藉だ？」

問うても相手は答えない。提灯を地面に置いた冬吉が十蔵の隣に立つと、

「くそッ」

相手は小さく吐き捨てるなり身を翻《ひるがえ》して駆け去った。その姿はすぐに黒い闇に溶け込み見えなくなった。

「何者でしょう？」

「芦原吉之助の仲間かもしれぬが、よくはわからぬ。ただの物盗りとも思えぬが……」

十蔵は刀を鞘に戻して、燃え尽きようとしている自分の提灯を見た。

上州屋に戻ると、

「八雲さん、お藤を送って帰ってくる途中で何者かに斬りかかられました」

と、十蔵は報告した。

同じ客間にいた善之助と孫蔵、そして定次が一斉に顔を向けてきた。

「相手は誰だった？」

「それはわかりません。頰っ被りをしていたので顔もしっかり見えませんで……」

「冬吉、吉之助の仲間だったのではないか？」

善之助が冬吉に問うた。

「わかりません。もしそうなら、やつらは近くにいることになります」

「そやつの身なりは？」

「着流しに襷をかけていました。手甲脚絆に草鞋穿きでしたが、顔が見えなかったのでなんともいえません」

冬吉の返答を聞いた善之助は、孫蔵を見た。

「やつらだったら、ひそかにわしらを探っているのだ」

「考えられることだ」

孫蔵が眉間のしわを深くして応じた。

六

「いたぞ、いた！」

玄関から飛び込んできたのは細野恵巳蔵だった。

座敷にいた吉之助たちは一斉に恵巳蔵に顔を向けた。

「村田善之助を見つけたのか？」

吉之助が問うた。

「いや、あれは伊沢冬吉だ。もうひとり連れがいたが、知らぬ男だった。だが、やつらは宿場にいる」

「旅籠に泊まっているのか？」

「おそらくそうだろう。夜道で侍の影が見えたので、隠れて見張っていると、提灯を提げた二人がやって来たのだ。ひとりはすぐに伊沢冬吉だとわかったので、不意打ちをかけた」

「なに、斬り合ったのか？」

「やつはおれたちの敵だ。放っておけぬだろう」

「それで斬ったのか？」

目を輝かせて聞くのは、小笠原洋太郎だった。恵巳蔵は首を横に振った。

「それでどこの旅籠に泊まっているのだ。突き止めたか？」

吉之助は射るような目を恵巳蔵に向けた。

「いや、斬り合っただけだ。倒そうと思ったが、できなかったので戻ってきた」

「たわけ」

吉之助は吐き捨てた。恵巳蔵がなんだという顔を向けてくる。

「斬り合わずに、やつらがどこに泊まっているかそれを調べるのが先だろう。知恵のまわらぬやつだ」

「相手は二人だったのだ」

「二人だろうが三人だろうが、村田善之助の居所をつかむのが先だ。だが、まあいい。これで、やつらが宿場にいるというのはわかった」

「人相書を作ったのも村田たちと考えていいのではないか」

古川才一郎が吉之助を見てきた。

「うむ、そうかもしれぬ。いや、そうであろう。されど恵巳蔵、もうひとりいたといったが、そやつは何者だ？」

吉之助は恵巳蔵に問うた。

「わからぬ」

恵巳蔵はふて腐れた顔をしていた。

「ふん」

る。そして、命を狙われていると考えているはずだ。

吉之助は鼻で息をして考えた。村田善之助は自分を捜すのに躍起《やっき》になってい

吉之助はぐい呑みのなかのどぶろくを凝視して顔をあげた。

「やつらが近くにいるのはたしかだ。そしてやつらはおれたちを捜している。恵巳蔵、おぬしが見た二人はなにをしていたのだ？」

「なにをって……村道を歩いていただけだ。夜廻りをしていたのかもしれぬ」

「おぬしが斬り合ったのはどこであった？」

「宿場の東の村だ。宿場からさほど離れたところではなかった」

「やつらが宿場にいるなら、明日おれが探りを入れる。居所がわかったなら、そのまま戻ってくる。それでどうだ」

洋太郎は自分のしゃくれ顎をしごきながら仲間を眺めた。

「ならば、おれも行こう」

島崎満作だった。

「よし、満作と洋太郎は明日宿場を探れ。おれたちは村をまわってみよう」

吉之助は肚を決めた顔でみんなを見る。

「村をまわるのはよいが、侍の身なりでは目立つのではないか。やつらに居所を

知らせるばかりでなく、村の百姓らにも見られる」

古川才一郎が耳をほじりながらいった。

「目立ってもよい。目立てばやつらは自《おの》ずと姿を見せるだろう」

吉之助は自分が囮《おとり》になってもよいかもしれぬと考えた。囮になり、まわりに仲間をひそめておけば、善之助たちを討つことができる。背後をついての不意打ちだ。

それには、こちらに都合のよい場所を見つけることだ。だが、その考えはひとまず口にせず、他のことを話した。

「明日は宿場に探りを入れる。村もまわろう。満作と洋太郎はやつらの宿を見つけたら、ここに戻ってこい。おれたちは村をまわって昼までにはここに戻ってくる」

「この家を知られたらまずいぞ」

才一郎だった。

「そういうへまはせぬさ」

吉之助は飲みかけのどぶろくに口をつけた。

そのとき雨戸がガタガタと音を立てて揺れた。全員、その雨戸を見た。ひゅーとうなる風音が聞こえてきた。

「風だ……」

恵巳蔵が団子鼻をさすって苦笑し、言葉を足した。

「村をまわるのはいいが、先にやつらに見つけられたらいかがする。こっちが気づかないうちにということだ。このままの身なりで村をまわれば、遅かれ早かれ気づかれるのではないか。修験者になったときもそうであった」

「やつらにおれたちがいるのを教えることだ。そうすれば、先方からやってくるだろう。そのときが狙いだ」

「気に食わぬ」

恵巳蔵は一蹴してつづける。

「おれたちが気づかぬうちに、やつらが先に知ったら分が悪いのではないか」

「それもそうだな」

才一郎が同意した。

「百姓に化けるか。化けておけば宿場にも出入りできるだろう」

洋太郎である。

「そうするか」

吉之助は独り言のようにつぶやいた。百姓に扮すれば、村田善之助たちは気づかないだろう。それに自分の人相書を見たいという思いもある。

「よし、そうしよう。それからやつらの居場所がわかったら、おれたちにとって有利に戦える場所に呼び出すのだ。決着の場はそこだ」

「すると、明日はその場所を決める必要もあるな」

才一郎がいう。

「その場所も明日探して決める」

吉之助が答えると、みんなは承知したというようにうなずいた。

七

翌朝は雪がちらついていた。井戸端で顔を洗った兼四郎は空を見た。

「積もるかな……」

独りごちたが、積もらないことを心のなかで祈った。

旅籠のなかに戻ると、お藤とばったり顔を合わせた。

「お奉行様、おはようございます。雪が降ってきましたね」

「そうだな。今朝は早いではないか」

「いつもそうです。昨日は用があって遅い出でしたけど……。あ、昨夜は波川様と伊沢様に送っていただきました。あとでお礼を申さなければなりません」

「十蔵から聞いたが、お父上が大変らしいな。なんでも弟殿と面倒を見ているとか……」

「少しでもよくなってもらわないと困りますから。朝餉の支度はできています。いつでもお座敷のほうに来てください」

お藤は一礼をして台所に去った。旅籠の食事は台所に近い一階の座敷で取ることになっていた。

兼四郎は客間に戻ると、朝餉ができているので、食べたら出かけるとみんなに伝えた。

食事はお藤ともうひとりの女中が世話をしてくれた。質素な食事を終えると、みんなは宿場を離れた。その日は、六人一団となって動くことにした。

「吉之助らがわしらを捜しているなら、みんなで動いたほうが目につくはずだ。あやつらが気づいたら、なんらかの動きを見せるだろう」

善之助の考えに兼四郎は意見しなかった。相手から近づいてくるなら手間が省ける。ただし、不意をつかれないように気をつけなければならない。

まずは街道を北へ向かった。浦和宿方面である。雪はしばらくやみそうになかった。早くも木の葉や木の枝が白くなっていた。

宿場を離れると、野畑が広がり、小高い山や櫟林《くぬぎばやし》が見えてくる。畑の向こうに点々と百姓家があるが、野良仕事をしている者は見なかった。

一里塚の近くで道が十字に交差していた。案内役の善之助は左に曲がって、荒川まで行くという。兼四郎たちはなにもいわずにあとに従う。

「今日こそは捜し出したいものです」

横に並んでいう十蔵が、引き廻し合羽に張りついた雪を払えば、兼四郎は編笠に積もりそうな雪を払う。雪のせいで遠くが霞んで見えた。

「やつらがわたしらに気づけばよいですね」

「先に気づかれるより、その前に見つけたい」

「たしかに」

村道を進んでいるうちに、粉雪が綿雪に変わった。

「これは積もりますよ」

定次が白い蝶のように舞う雪を見ていった。

「積もろうが積もるまいが、お天道様次第だ。天にはかなわぬ」

十蔵が軽口をたたいた。

みんなは黙々と歩きつづける。荒川の近くまで来たが、周囲に不審な動きもあやしげな人の影も見なかった。

川岸には枯れた葦《あし》が繁茂《はんも》し、雪を被っていた。水辺には餌を探している白鷺《しらさぎ》がいた。

「八雲殿、少し休んで様子を見ますか」

善之助が提案した。

「よいでしょう。このあたりにはこの前来たような気がする」

「美女木村ですよ。南に下ったところが下笹目村で、宿場のほうが新曾村だ」

「詳しいですね」

「このあたりは歩きまわっているからな。この先に神社がある。少し高台にあるので、村を眺められる」

兼四郎は善之助がうながすほうを見た。杉と竹の混ざった林があり、神社のものらしい屋根がのぞいていた。

一行は神社の境内に入ると、石段のそばで村を眺めた。景色は烟《けむ》っているが、まだ視界は遮られていなかった。畑に出ている百姓はいないが、村道を荷車を引いている者がいた。

そのあとから鍬を担いだ百姓が三人つづいている。荷車は空のようだ。

兼四郎は枯れ木に止まってじっとしている百舌を見、それから林のなかで鳴き声をあげている鳥を見た。鳥はしばらくすると飛び去ったが、その数は十数羽だった。

みんなは暫く休んだのちに境内を出て、下笹目村に足を向けた。

芦原吉之助は満作が引いている荷車のあとに従っていた。歩きながら四方に目を配ることを怠らなかった。

(誰もいない)

心中でつぶやく。村の百姓にも出会わない。雪のせいでみんな家のなかに引きこもっているのだろう。

「満作、どこまで行く?」

吉之助が声をかけると、

「荒川のそばまで行ってみよう」

と、言葉を返してきた。

「やつらがこっちへ来ているとは思えぬな。誰ひとりとして出くわさないではないか」

「やつらを襲う場所を探す仕事もあるのだ」

才一郎が担いでいる鍬を右の肩から左の肩へ移した。

「それもあるが……」

「見通しが利いて、こっちの身を隠せる場所があればよい。そういう場所を探すのだ」

「わかっておる」

吉之助は不機嫌に応じて、きさまが指図をするなと、肚のなかで毒づいた。

荒川の岸辺に辿り着いたときだった。みんなと分かれて行動していたしゃくれ顎の洋太郎が、小走りに駆けてきた。

「見つけたぞ、見つけたぞ」

近くまで来るとそんな声をかけてきた。

吉之助は目を光らせた。

「どこにいた?」

「この先の新曾村だ。やつらは六人だ。村田はいつの間にか三人の仲間を連れている」

「なんだと……」

吉之助は洋太郎がやってきた方角をにらむように見た。

「それでやつらはいまどこにいるのだ？」

「村の道を宿場に向かっている。それからやつらが泊まっている旅籠のことがわかった。上州屋という宿だ」

吉之助は「よし」と肚のなかでつぶやき、拳をにぎり締めた。

「洋太郎、おぬしは戻ってやつらの足取りを追うんだ。おれたちはやつらを襲う場所を探して家に戻る」

「わかった」

洋太郎がそのまま来た道を引き返すと、吉之助は仲間を見て、

「やつらを襲う場所を見つけよう」

といった。

第五章　罠

一

「ここがいい」

吉之助は村田善之助らを襲う恰好の場所を見つけた。

「見ろ、あの丘の上におれたちは身を隠しておく。あの丘に登るにはこの小川を越えなければならぬ」

吉之助のすぐそばに幅一間半ほどの川が流れていた。その川は下流で荒川につながっている。丘の背後は荒川の葦藪で小さな土手道があった。丘は枯れた小楢《こなら》と櫟の林になっているが、常緑樹がまわりに生えていた。

「よいか。この小川をやつらが越えるためには橋がいる。やつらがわたるときに落ちる橋を架ける」

「落ちる橋だと……」

恵巳蔵が団子鼻を手の甲でこすりながら怪訝な顔をした。

「そうだ。まずおれたちがわたって、橋を落ちるように工夫するんだ。荒縄をつけて引っ張れば落ちるように。さらにだ……」

「なんだ？」

満作がぎょろ目をぱちくりさせる。

「落とし穴を掘って落とす」

「ほう」

満作は感心顔をした。

「よいか、これは戦だ。村田善之助たちと一戦交える戦いだ。おれたちは足軽だった。足軽は戦になれば、先頭を切って敵に向かっていく。そうだろう」

「戦なんかやったことないではないか」

才一郎が冷めた顔でいう。

「たわけ。やったことがなくてもこれからやるんだ。おれたちには先祖代々から受け継いだ、足軽の血が流れている。そうだろう！」

吉之助は興奮していた。仲間を鼓舞するように声を強める。

「頭を使ってやつらをたたき伏せる。よいか、あの丘におれたちは隠れている。やつらが橋をわたってきたところで落とし穴にはめる。それを避けてきたやつらは丘を登る。そのときおれたちは石を落とすのだ」

「ほう、思いつきにしてはなかなかの策である」

満作は吉之助の考えに乗り気である。

「難を逃れ生きのびて、下から這い登ってくるやつらは相当に疲れているだろう。そうなればもはやおれたちの敵ではない」

「うむ、よい考えだ。よし、やろう」

乗り気の満作が仲間を眺めて賛同を求める。

「戦か……。いいだろう。おれはやるぞ」

恵巳蔵が承知した。

「ならば早速取りかからなければならぬ」

才一郎も目を輝かせた。どこか楽しげな顔つきになっていた。

吉之助はまずは橋作りからはじめようといって、竹藪に足を向けた。荒縄が必要なので、満作が近くの百姓家から調達してくるといって離れた。

吉之助は小川の狭い場所を利用して対岸にわたり、まずは丘の上に立った。目をつけたとおり、そこは具合よく四間四方ばかりの平坦な場所になっていた。

葉を落とした櫟と小楢のほかに、椿や躑躅《つつじ》や柊《ひいらぎ》の低木が雑然と生えていて、南天《なんてん》の藪もある。それに、手頃な石があちこちに転がっているではないか。

（いいところを見つけた）

と、吉之助は我ながら感心する。

「おい、吉之助！　落とし穴はどこに掘る？」

丘の下から才一郎が声をかけてきた。

「いま下りる」

吉之助は一度村を眺めた。善之助たちの姿はどこにも見えない。丘の下に下りると、落とし穴を掘る場所にあたりをつけ穴を掘りはじめた。

「才一郎、村田らが村をうろついているようだ。ときどき、様子を見ろ」

穴掘り作業中に近くまで来られたら、作戦は水の泡になる。吉之助は鍬を使いながらこれからのことを考えていた。

しゃくれ顎の小笠原洋太郎は、村田善之助たちを新曾村の外れで見つけ、十分な距離を取り、見つからないように尾けていた。

一行は六人だ。五人は大小を差した侍だとわかるが、ひとりだけ股引に腹掛け半纏姿の男がいる。

「やつは何もんだ？　小者か……」

洋太郎は善之助たちを見張るように尾けながら独り言を漏らす。

善之助たちは村を流れる用水の脇にある小堤を歩いていた。その堤はやけに長くつづいていた。

周辺の土地は視界の利く平坦地ではあるが、微妙な起伏があり、またところどころには雑木林があった。村道の脇には杉や松が生えてもいる。身を隠すのに苦労はしない。

善之助たちはときどき立ち止まっては、周囲に視線をめぐらし、百姓家を訪ねたりしていた。

（おれたちのことを探ってやがるんだな）

洋太郎は様子を窺いながら、胸のうちでつぶやく。

雪は降りつづいていたが、だんだん小止みになり、雲の向こうに日の光を見るようになっていた。

善之助たちは村の見廻りをやめて宿場に戻りはじめた。洋太郎は先まわりをして、村道の脇にある竹林のなかに身をひそめた。

善之助たちが近づいてくると、冷たい地面に這いつくばって様子を見た。善之助は菅笠を被っていた。そばには岩野孫蔵と伊沢冬吉がついている。

「あの野郎……」

洋太郎は孫蔵をにらむように見て奥歯を嚙み、刀を強くにぎり締めた。できることならいまここで不意打ちをかけて、やつらに殺された沢崎彦助と松岡喜作の敵を討ちたい衝動に駆られる。

しかし、一対六では到底勝てる見込みはない。息を殺して見張るしかなかった。

善之助の仲間には見たことのない侍が二人いる。ひとりは引き廻し合羽をつけていた。これはまだ若そうだ。伊沢冬吉と同じぐらいの年恰好に見える。

もうひとりは深編笠を被っていた。精悍な顔つきで油断のない目に、上背もあり堂々としている。

小者みたいな男をのぞいて、みんな野袴に野羽織、手甲脚絆という身なりだ。

その六人が洋太郎に見張られていると知らずに通り過ぎた。

洋太郎はその六人の姿が見えなくなるまで見送ってから、吉之助たちのいる下笹目村に引き返した。

二

宿場の西にある村をひとまわりした兼四郎たちは、一度宿場に戻り、そこで昼餉を取って、東側にある村に足を向けた。

定次が不審な百姓を尾けたのも、十蔵と冬吉が襲われたのも宿場の東だった。そのことを考えて、村の見廻り場所を変えたのだ。

朝のうち、雪は積もるかもしれないと思ったが、昼近くに雪は小止みになり、そしていまは雲の切れ目から日が差していた。

木の枝や家々の軒先にできていた氷柱が溶けはじめ、野路は霜柱が解け黒い泥濘《ぬかるみ》になっていた。草鞋が湿気って足の指が冷たいが、予備の草鞋は持参していなかった。

一行は塚越村から下青木村、下戸田《しもとだ》村まで足を運び、ところどころで出会った村の者や、村の家を訪ねて不審な浪人を見なかったか訊ねたが、見たという者はいなかった。

下戸田村まで行くと、芝川《しばかわ》沿いに大きく迂回して塚越村から芝村、そして辻村をまわって中山道に出たときには日が大きく傾いていた。

「見つけることはできなかった」

善之助が疲れた顔を兼四郎に向け、

「わしの勘が外れているのやもしれぬ。八雲殿には骨折りをさせているな」

と、申しわけなさそうにいった。

「確証のない探索は承知のうえ。されど、無駄ではなかったはずです」

兼四郎が言葉を返すと、善之助は怪訝そうな顔をした。

「宿場の東側の村に、賊はあらわれていないことがわかったではありませぬか。もっとも我々の目が行き届いていないのかもしれませぬが……」

「そうだな。そうかもしれぬ」

善之助はそう応じてから、

「まだわしらにお付き合いくださるか」

と、あらためて問うた。

「村田さん、なにをおっしゃいます。浪人奉行は賊の成敗に来たのですよ。ここであきらめるわけにはいかぬのです」

答えたのは十蔵だった。

「八雲さん、ね、そうでしょう」

十蔵はそういって白い歯を見せる。

「そのとおりだ。村田さん、懸念には及びませぬ」

「そういってもらえると心強い。さりながら宿の世話までしてもらい、恐縮しておるのだ」

「どうか気になさらずに……」

兼四郎は口の端に笑みを浮かべた。

「旦那、問屋場に寄ってきますんで、先に宿に戻っていてください」

定次がそういって先に歩いていった。問屋場の馬指には芦原吉之助の見張りを頼んでいた。人相書が頼りだから、しっかり見張っているかどうかわからぬが、なにもしないよりはましである。

宿往還は夕暮れの賑わいを見せていた。旅籠の前で呼び込む女中がいれば、仕事帰りらしい職人の姿もあった。旅籠の暖簾をくぐる旅人もちらほら見られた。

西の空に沈み込もうとする日が雲を赤く染め、黒い影となって飛ぶ雁《かり》の群れがあった。

兼四郎たちが上州屋の客間に落ち着いたとき、定次が遅れてやってきた。

「見張りをやっていた馬指がいうには、芦原吉之助らしき男は宿場を通っていないようです」

定次はそういって兼四郎のそばに腰をおろした。

善之助が疲れたような息を漏らした。

「もし、賊が芦原吉之助の人相書に気づいていれば、宿場を避けているかもしれません」

定次はみんなを眺めながらいう。

「蕨宿を避けたら板橋宿か江戸ということになるが……」

十蔵が真剣な顔でつぶやく。

「いや、あやつはおのれの人相書に気づいたとしても、逃げはせぬはずだ。やはり、やつらはこの近くにいると思う。そのはずだ。しかし、さすがにわしも自分の勘に自信をなくしてきた」

「善之助、逃げられたら、おぬしが拘《こだわ》りすぎたということになる。江戸に逃げられたら捜すのは大変ではないか」

岩野孫蔵が咎め口調で善之助を見た。

「吉之助は逃げるような男だろうか……」

「やつは国を捨てて逃げているではないか。そのことを考えれば、逃げてもおかしくはないだろう。それに盗みをはたらき、金も手にしている」

「うむ」

善之助はうなって黙り込んだ。

「明日一日、様子を見たらいかがです。ここまで粘って捜しているのです。いまあきらめることはないと思います」

冬吉が二人にいった。

「あきらめはせぬが、やつらがこうも尻尾を出さないとなると、ほかの手立てを考えなければならぬ」

「ほかの手立て……。よい考えがあると申すか?」

孫蔵が善之助を見る。

「なにか考えるしかないだろう」

「やつらを取り逃がしたら、おれたちの望みは絶たれるばかりでなく、福助や八五郎の敵も討てないことになるのだ」

「それだ」

また、十蔵だった。

きらっと目を輝かせて、善之助と孫蔵に膝を摺って近づいた。

「芦原吉之助は執念深い男だとおっしゃいましたね」

「執念深くへそ曲がりな男だ。僻《ひが》み根性が強い。それでいて、ときに悪知恵をはたらかせる」

善之助が答えた。

「村田さんたちは芦原吉之助の仲間二人を斬っています。その仲間の恨みを晴らそうと思う男でしょうか？」

「おそらくそう思っているはずだ」

「ならば、村田さんの勘は外れていない気がします」

「そう思うか？」

善之助は真剣な目を十蔵に向けた。

「わたしは思います」

「村田さん、明日もう一度村をまわりましょう。しかし、ただまわるのではなく、相手の目につくようなことをやりましょう」

兼四郎だった。

「目につくこととは……？」

「例えば、自分たちの居場所を知らせるために、呼び子を吹き鳴らしながら捜す。呼び子の音は遠くまで聞こえます」

「それはよい考えかもしれませぬ」

冬吉が同意し、吉之助たちの狙いは自分たちにあるのだからと言葉を足した。

「呼び子もいいが幟《のぼり》を立てて歩くのも目立つのではないか」

孫蔵が提案した。

「それはますますよい考えです」

十蔵が賛同すれば、そうしようという話になった。呼び子と幟の用意をしなければならぬから、定次がその調達をしに旅籠を出て行った。

「とにもかくにも明日が勝負だ」

孫蔵が眉間のしわを深くしてつぶやいた。

兼四郎も明日こそは、という思いを強くした。

その日、雪はやんだが、夜半から風が強くなったらしく、建付けの悪い雨戸や板戸ががたぴしと音を立て、吹きわたる風の音も聞こえてきた。

それは翌朝のことだった。

みんなが起きて身支度をしていると、お藤が客間にやってきて、

「村田様にわたしてくれと頼まれました」

と、一通の書状らしきものを差し出した。

善之助がなんだろうという顔で、封を切って読むなり、

「吉之助からのものだ」

と、目をみはってみんなを見た。

三

「なんと書いてあるのだ？」

岩野孫蔵が書状をのぞき込むようにして聞いた。

「やつらはやはり、わしらのことを知っていたのだ」

善之助は顔をあげていった。

「だからなにをいってきているのだ？」

孫蔵がせっつく。

「下笹目村、聖社の西、五本杉に巳の刻（午前十時頃）に来いと……」

「やつらの呼び出しではないか」

「やっと決着をつけられる」

「やつらもそう考えているはずだ」

「呼び出しの場所はわかりますか？」

兼四郎が聞いた。

「大まかにわかる。行けば見当はつく」

善之助が答えると、

「呼び出すということは、なにか罠を仕掛けているのかもしれませんよ」

と、十蔵が用心深いことをいった。

「気をつけなければなりませんな」

兼四郎が言葉を添える。

「されど、行かねばならぬ」

善之助は顔を引き締めていた。

「巳の刻まではまだ間があります。とにかく身支度を終えたら、朝餉を食うことにしましょう」

「そうです。腹が減っては戦はできぬと申しますからね」

十蔵が明るくいった。

みんなは食事を終えると、身支度を調えた。手甲脚絆に野袴に野羽織、草鞋をしっかり締める。懐には鉢巻きと襷。刀の目釘をあらため、表情を引き締めた。

「定次、敵はどんな罠を仕掛けてくるかわからぬ。なにかあったらおぬしは無理をせず、後方で待て」

宿を出る前に、兼四郎は定次に忠告した。

はい、と返事をした定次は、いつになく緊張の面持ちだ。彼ひとりだけが、半纏に股引、着物を端折《はしょ》っているだけだった。腰には唯一の武器である棍棒《こんぼう》を差していた。

表は冷たい風が強かった。木枯らしである。商家の暖簾がめくれあがり、葦簀《よしず》が倒され、砂埃が舞いあがっていた。空を飛ぶ鳥も風に煽られていた。

宿場を離れると下笹目村に向かった。風が強いので編笠や菅笠は用をなさない。枯れ野にある葦藪が強風になびき、林から飛ばされる枯れ葉が舞っていた。

雪解け道は水気を含んでいるので、草鞋はすぐに湿ってきた。道端や雑木林にはまだ雪が残っている。

聖社の脇を通り抜け、笹目川をわたったところで、みんなは示し合わせたように襷をかけ、鉢巻きをした。木枯らしに体はいたぶられるが、さらに表情を引き締める。

「五本杉はあれだ」

善之助が三町ほど先に見えるところにある杉を指さした。そのあたりに人影は見えない。

「吉之助は、なにか策を弄しているはずだ。冬吉、孫蔵、油断いたすな」

善之助は二人に忠告をしたあと、兼四郎たちを見て、

「貴公らも気をゆるめずに頼む」

と、いった。

「承知」

兼四郎は短く応じて、五本杉の先に目を向けた。人影は見えない。

ひときわ強い風が吹きつけてきて、目の前の五本杉が大きく撓《たわ》んだとき、

「村田善之助！　約定どおり来たか！」

と、声がした。

兼四郎たちは一斉に声のほうを見た。目の前の小川の先にある低い丘の上に五人の男たちが立っていた。

「むむ、吉之助。やはりおぬしは逃げていなかったか」

善之助が言葉を返した。

「きさまを生かしてはおけぬからな」

「あやつ、生意気な口を利きやがる」

憤怒《ふんぬ》もあらわに吐き捨てたのは岩野孫蔵だった。

「どうにでも言わせておけばよい。悪逆非道の下衆《げす》どもだ」

善之助は窘めてから吉之助に声をかけた。

「逃げずに村にいたというのはわしらと勝負をするためであろう。ならば尋常に勝負をしてやる。下りてこい！」

兼四郎は二人のやり取りを聞きながら、吉之助の仲間が他にいないか、まわりに警戒の目を向けたが、加勢の者はいないようだ。

丘の上に立つ五人は、兼四郎たちと同じように野袴に野羽織というなりだ。手甲脚絆に襷をかけてもいる。

丘の上と兼四郎たちの距離は、十六間（約二十九メートル）ほどだろう。丘の下は枯れ草の平坦地で、その手前に竹橋のわたされた小川が流れている。

「戦支度は調ったが、村田善之助、助っ人を連れてくるとはやはりおぬしらしい」

「助っ人ではない！　ここにいらっしゃるのは浪人奉行様だ。きさまら悪党を成敗にまいった。死にたくなければ神妙に縛につくがよい！」

十蔵が吹き荒れる風に負けぬ声をあげた。

「浪人奉行だと……」

吉之助は仲間と顔を見合わせた。

彼らの背後にある林が大きく揺れて枯れ葉が舞い散った。

「善之助、やつらはみんな見た顔だ。どいつもこいつも元は足軽ではないか」

孫蔵はそういって、八つ裂きにしてくれると吐き捨てて刀を抜いた。

「浪人奉行だろうがなんだろうが、おれたちには関係ない。いざ、勝負だ！　かかってこい！」

吉之助が大音声《だいおんじょう》を発しながら抜刀し、刀を振りあげた。そして、二人の男が丘の上から中腹まで下りてきた。丘は高くはない。兼四郎たちのいる野路より八間（約一四メートル）ほど高いだけだ。

丘の右側はゆるやかな傾斜地だが、途中に竹の柵囲いがあり前進を阻んでいた。そちらから登るのはあきらめるしかない。つまり、賊のいる場所へ行くには正面の急峻な斜面を登るしかない。

「善之助、小笠原洋太郎と古川才一郎だ」

孫蔵が丘の中腹まで下りた二人を見てつぶやいた。

「うむ」

善之助が応じたとき、小柄で顎のしゃくれた男が、

「さあ、来やがれ！」

と、誘いかけた。

「くそッ、小笠原洋太郎！　小生意気なやつだ！　勘弁ならん！」

孫蔵が激怒して目の前の竹橋に足を進めた。

そのとき兼四郎は、しゃくれ顎の小笠原洋太郎が足許にある荒縄をつかんだのを見逃さなかった。

「岩野殿、待たれよ！」

兼四郎が慌てて手を伸ばしたとき、孫蔵の体がぐらっと横に揺れた。

四

竹橋が崩れ、孫蔵の体は兼四郎の視界から消えた。だが、すぐに孫蔵の手をつかんで引きあげた。

「くそ、小細工をしおって……」

腹這いになって岸にあがった孫蔵は、吉之助たちをにらんだ。竹橋を崩すために荒縄を引いた洋太郎はしくじったという顔をして、丘の上に駆け戻っていった。

「村田善之助！　おれたちは逃げはせぬ。おれの命がほしければ、かかってこい！　これは戦だ！」

吉之助が丘の上から喚《わめ》いた。

それに呼応して吉之助の仲間も口々に挑発する声を発した。

「きさまらひとり残らずあの世へ送ってやる！」

「足軽を馬鹿にすれば痛い目に遭うということを思い知らせてやる！」

「間抜けのひょうろくだま。かかってきやがれ！」

兼四郎は好きなことを喚く賊には耳を貸さず、小川をわたることを考えていた。竹橋は半分川に浸かって使いものにならなくなっていた。川を飛び越えるのは難しいが、少し上流に狭い場所がありそうだった。

兼四郎がそっちに足を向けると、

「どこへ行く？」

と、善之助が声をかけてきた。

「この川をわたらなければ、あやつらを捕まえることはできぬでしょう」

兼四郎が言葉を返したとき、定次が先に走り、

「ここならわたれます」

と、顔を向けてきた。

みんなそっちに足を向けた。川幅は一間（約一・八メートル）もなかった。

「あやつらいい気になりやがって……。いまに吠え面をかかせてやる」

危うく川に落ちそうになった孫蔵は、怒りに顔を真っ赤にしていた。

みんなが川をわたる間、賊たちが挑発の声をあげていた。こっちに来やがれ。おれたちは逃げも隠れもしない。唐変木《とうへんぼく》野郎なんざ怖くもない。

「やつら、なんだか余裕があるな。八雲さん、さっきの橋と同じようになにか罠を仕掛けているかもしれません」

十蔵が目を光らせて、丘の上にいる賊を見ながらいう。

「わからんが、この丘を登るしかない」

先に歩いていた冬吉が、突然、悲鳴をあげて姿を消した。

「どうした冬吉？」

善之助が駆け寄ると、片足がずっぽり溝にはまって動けなくなっていた。

「村田さん、手を……」

兼四郎が駆け寄って冬吉に腕を差し伸べて引きあげた。賊は丘の上で馬鹿にしたように囃《はや》し立てていた。

「落とし穴を作ってやがった」

孫蔵が悔しそうに奥歯を嚙んで吉之助らをにらんだ。彼らの背後にある林が音を立てて揺れていた。

「ほれ冬吉、あがってこい」

十蔵が冬吉を引きあげ、怪我はないかと聞いた。

「大丈夫です。ですが、足をひねりました」

冬吉は足首をさすって歩こうとしたが、片膝をすぐに折ってしまった。

「どうした？　折れたか？」

「痛めただけです。すぐに治ります」

冬吉は唇を嚙んで尻餅をつき、ひねった足をさすった。

「冬吉、おまえはあとから来い」

善之助が指示をして急傾斜の丘を登りはじめた。みんなはあとにつづく。

「定次、冬吉を見ておれ」

兼四郎は最後尾についている定次を振り返った。

賊は早く来やがれ、刺し違えてでもきさまらは生きて帰さぬ、覚悟してかかってこいなどと、挑発の声をあげつづけていた。

「十蔵、やつらの様子はおかしい。けしかけるだけで、あそこから動かぬ」

兼四郎は斜面に取りつきながら賊をにらんだ。

「なにか企みがあるのかもしれません」

「やつらの言葉に耳を貸すな。頭に血を上らせてはならん」

「はい」

十蔵が答えたとき、先頭にいた善之助が悲鳴を発した。同時に逃げろと叫んだ。

兼四郎が見ると、丘の上から人の頭の二倍もありそうな石が、ゴロゴロと落とされてくる。孫蔵が横に転がり石を避ける。善之助も横に跳んで避けたが、そのまま斜面をずるずると落ちてきた。

石は不規則に動き、さらに跳ねるように右へ左へと転がり落ちてくる。直撃したら骨折ではすまないだろう。頭にあたったらそれこそ、一巻の終わりだ。

兼四郎は右へ右へと動きながら、

「十蔵、危ない！」

と注意の声をあげ、さらに冬吉の頭目がけてきた石を見て、

「冬吉、左に避けろ！」

と、声を張りあげながら、自分目がけて落ちてくる石を見て、右へ跳んで避けた。石は土埃を立てながら体のそばをすり抜けていった。

危機一髪で助かったが、賊は新たな石をつぎつぎと落としてくる。

「下がれ、下がるんだ！」

善之助が斜面を離れてみんなに声を張った。

兼四郎は小川に近い場所まで後退して、丘の上を見た。賊たちが馬鹿笑いをしていた。

「やつら、まだなにか仕掛けをしているかもしれぬ」

善之助が手についた泥を払いながらいった。みんなはうまく石落としから逃れたが、不用意に丘の上には行けないと感じていた。

「危ないところでしたね。もうわたしは大丈夫です」

穴に落ち足をひねっていた冬吉がそばにやって来た。

「どうした？　もう怖じ気づいたか。おれを捕まえたかったら、ここへ来て勝負することだ！」

吉之助が大声であおり立てた。

「やつはわざとけしかけているのだ。相手の挑発に乗らぬことだ」

兼四郎は丘の上にいる吉之助をにらんだ。

「まだなにか細工をしているのだ。だからけしかけているのだ」

善之助はそういってから、さてどうするかと、みんなに顔を向けた。

「この斜面から登れば、またなにか罠があるだろう。別の登り口を探そう」

孫蔵がそういって、丘の下を迂回するように足を進めた。兼四郎もあとにつづいて、適当な場所を探すために周辺に目を配った。

風は強くなったり弱くなったりを繰り返していた。丘の北へ行ったが枯れた葦の藪が行く手を塞いでいた。足場も悪い。

「だめだ、この先は川だ」

孫蔵が立ち止まって振り返った。

「旦那、こっちです。こっちからなら登れます」

定次がさっきの小川の向こうから声をかけてきた。

「登れるか？」

「おそらく大丈夫です」

みんなは定次が見つけた登り口に向かうことにした。

「一旦、やつらから見えないところで策を練ろう」

歩きながら善之助がいった。

五

「逃げるのか？　どこへ行くんだ？　おーい、村田善之助！」

吉之助は声を張りあげたあとで、

「見えなくなった」

と、つぶやいた。

「ここへ登ってくるつもりだろうが、登り口はここしかない」

島崎満作が丘の下を見ながらいった。

「やつら、なにか策を練っているのかもしれぬ」

古川才一郎が吉之助を見てきた。

「どんな策を練るという？」

「わからぬ」

才一郎は首をひねる。

「しかし、やつらを討つことはできなかった。石落としも落とし穴もさほどのことはなかった」

細野恵巳蔵が切り株に腰をおろしてぼやいた。

「ひとりとして罠に嵌まらなかったからな」

満作は物足りない顔をして、それにしても寒すぎると肩を揺する。

「されど、やつらは一旦退き下がったではないか」

洋太郎が誰もいなくなった丘の下を見ていう。

「しばし休んでいるだけであろう。いずれまたあらわれるに決まっている」

吉之助はそういって焚き火をしようと、枯れ木を集めはじめた。仲間もそれにならって薪を集めて火を焚いた。

煙は出るが、すでに自分たちの居場所を相手は知っている。かまうことはなかった。

焚き火にあたって暖を取ると、吉之助たちはつぎの備えをはじめることにした。竹を伐《き》っての竹槍作りである。

「やつらがまた登ってきたら、この竹槍で串刺しにするのだ」

恵巳蔵が作ったばかりの竹槍を見てほくそ笑む。

「それにしてもやつらどこに消えたのだ?」

作業をつづけながら満作が村を眺める。

「洋太郎、この丘に登るには、他に道はあったか?」

吉之助は洋太郎を見た。

「北のほうに獣道があるが、途中は崖になっているから無理だ。ここへ来るにはこの斜面を這い登るしかない」

「ならば、いずれやつらはあらわれる」

しかし、小半刻たっても半刻たっても村田善之助らは姿を見せなかった。そのうち、小雪がちらついてきた。

「やつらの助っ人は浪人奉行だといったな。いったい何者だ? 聞いたことのない役儀だ」

才一郎が首をかしげる。

「代官所にもそんな役柄はないはずだ」

「もしや公儀の役人かもしれぬ。ここは天領だ。そんな役人があらわれても不思議はない」

恵巳蔵は黒い顔をみんなに向ける。

「たった三人だ。奉行という役目柄ならもっと供連《ともづ》れがあってもおかしくはないだろう」

才一郎がいったとき、吉之助ははっと目をみはった。同時にいやな胸騒ぎを覚えた。

「もし、浪人奉行が家来を連れていれば、それを呼びに行ったのかもしれぬ」

吉之助は仲間を眺めた。

「まさか……」

才一郎が顔を強ばらせた。

「わからぬ。もし、大勢でこの丘を囲まれたら二進《にっち》も三進《さっち》もいかなくなる」

「そんなことになったら、おれたちの逃げ場はなくなる」

恵巳蔵が急に立ちあがった。

「どうする。ここにいるのは得策ではないかもしれぬ」

「落ち着け。そうだと決めつけることはない」

吉之助は窘めたが、

「囲まれたら終わりだぞ」

と、恵巳蔵が言葉を返す。

みんなはしばらく黙り込んだ。

樹間を風が吹き抜け、目の前で燃える薪がぱちぱちっと爆ぜ、火花を散らした。

「やつらが来る前に下りるか？」

満作がつぶやいた。

「相手がどこにいるかわからぬと、不気味でもある」

才一郎も満作に同意するようなことを口にした。

吉之助はその二人をにらむように見た。

「おぬしら怖じ気づいたか。急に弱気になってどうする。やつらを片づけなければ、おれたちはずっと追われる身になるのだ。彦助と喜作の敵を討たねばならんのだ。あの二人のことを忘れるでない！」

吉之助は憤《いきどお》った顔で怒鳴り、手許の枯れ木を火のなかにくべた。

「そうだ。喜作と彦助はやつらに殺されたんだ。おれは必ず敵を討つ」

洋太郎が顔を赤くして、才一郎と満作を見た。

「忘れてはおらぬ。されど、やつらのことがわからぬだろう」

恵巳蔵が口を開いて、

「誰か見に行くか……」

と、みんなを眺めた。

「おれが捜しに行ってこよう」

立ちあがったのは洋太郎だった。

「へまをするな。見つけたらすぐに戻ってこい」

吉之助がいうと、

「へまなんかするわけない。まかせておけ」

そのまま洋太郎は丘の斜面をゆっくり下りていった。

みんなは洋太郎を黙って見送り、

「先に見つけられたら、やつは殺《や》られるかもしれぬ」

恵巳蔵がぽつりといった。

「ならば、おぬしもいっしょに行くか……」

吉之助がいうと、恵巳蔵は躊躇いを見せ、

「いや、ひとまずやつにまかせておこう」

と、引き下がった。

洋太郎は丘の下に下りると、少し北のほうへ行き、善之助たちがわたった川を越えて野路に立った。一度吉之助たちをあおぎ見て、丘の右手へ足を進め、やがてその姿が見えなくなった。

六

兼四郎たちは小川が荒川と合流する近くの浅瀬をわたり、賊のいる丘の裏側に来ていた。

「この獣道を辿ればあの丘に行けるはずです」

案内をしてきた定次が先に藪をかきわけて進んだ。藪は枯れた葦だった。頬白《ほおじろ》が藪のなかから飛び立ち、目の先の枯れ木に止まっていた鵯がひと声鳴いて空に舞いあがった。

葦藪は深く、足許は泥濘《ぬかる》んでいて冷たかった。風は相変わらず吹きつづけているが、雪が舞いはじめていた。

「やつらの罠に嵌まりそうになったが、なんとか難を逃れた。今度はわしらが裏をかいて成敗するのだ」

善之助がぶつぶついいながら藪をかきわける。

しばらく行ったところで定次が立ち止まって振り返った。

「いかがした？」

兼四郎が問うと、定次が一方を指さして、

「行き止まりです。この先は崖になっています」

と、情けなさそうに眉を下げた。

兼四郎がそばに行くと、なるほど剝き出しになっている黒い岩肌が行く手を塞いでいた。そそり立つその崖の高さは、八間（約一四メートル）はありそうだ。

「崖の脇から登りましょう。登れぬことはないはずです。蔓《つる》が垂れているので、なんとかなるでしょう」

十蔵が前に進んで、蔓を引っ張った。蔓は枯れ葉をすっかり落とした銀杏《いちょう》の幹から、何本も垂れ下がっていた。太いのもあれば細いのもある。

「登れるか？」

「やってみます」

兼四郎に答えた十蔵が蔓を引き寄せ、岩場に足をつけてゆっくり登りはじめた。大丈夫そうである。

「気をつけろ」

兼四郎は蔓を頼りに崖をよじ登る十蔵を見守る。崖になっている岩肌は、ぬめぬめと黒光りしていた。

しかし、十蔵は器用に蔓をたぐり寄せながらゆっくり登り、崖の上に立った。

「大丈夫です。丈夫そうな蔓を選んであがってきてください」

「よし、わたしが行きます」

冬吉が名乗りをあげて崖を登りはじめた。手間取ることもあったが、みんなは順番に蔓を頼りに崖を登ることができた。

「よし、気づかれぬようにやつらの背後をつこう」

善之助が腰を落としてゆっくり足を進めた。足許の枯れ枝を踏み割る音や、藪をかきわける音を立てたが、それは風の音でかき消された。

兼四郎は前方に目を凝らしながら善之助のあとに従った。

「なに、どこにもいないだと」

吉之助は息を切らして戻ってきた洋太郎をまじまじと見た。

「すっかり姿を消している。もしや宿場に戻ったのでは……」

洋太郎は、はあはあと息を喘《あえ》がせながらいった。

「そんなはずはない。やつらはおれたちを捕まえに来たのだ。あきらめて帰るはずがない」

吉之助は少し前に出て、眼下の村に視線を配った。

小雪が風に吹かれていて、遠くの村は霞んで見えた。風といっしょに吹きつけてくる雪が顔に張りついた。

「あれからいかほどたった？　一刻はたっておらぬだろう」

吉之助は仲間を振り返っていう。

「どうする？　おれたちの罠を警戒して様子を見ているだけかもしれぬ」

恵巳蔵が立ちあがった。

「もし、様子を見ているのならいずれやってくるはずだ」

吉之助が答える。

「丘の下に行ってこっちから誘いをかけるか。そうしたほうが手っ取り早い」

恵巳蔵はやる気満々だ。

「対等にやり合えば、分が悪い。村田善之助は富樫一刀流の練達者だ。そばにいる岩野孫蔵もなまなかではない」

「臆しておれば勝ち目はないであろう。こっちから攻め立てれば勝機は十分にある」

恵巳蔵は鼻息荒くいって、下におりようとみんなをうながす。

「待て待て。ここで焦ってしくじったら元も子もないであろう。やつらがあきらめたというのは考えられぬ。いましばらく様子を見たらどうだ。日の暮れにはまだ間があるのだ」

才一郎が雪を降らす空を見ていう。

「おぬしらはどう考える？」

吉之助は満作、恵巳蔵、洋太郎という順に見て問うた。

「おれはどちらでもよい」

満作がいった。

「ここにいて待つより、こっちから仕掛けたほうがいい。怖れることはない」

恵巳蔵は丘の下へ行こうと言葉を足す。

「おれはもう少し様子を見るべきだと思うが……」

洋太郎はみんなの顔を眺めた。

吉之助は迷った。慌てて丘を下りる必要はないと思う一方で、下の道で善之助たちを待ち伏せする手もあると考えた。

「吉之助、おぬしが決めろ」

才一郎が判断を委ねてきた。

「おれたちの仕掛けた罠は、全部失敗に終わった。やつらに痛手を負わせることすらできなかった」

「もしやつらが助っ人を増やして戻ってきたらいかがする。ここに居座っていたら逃げ道を断たれることになる」

恵巳蔵は仲間を眺める。

吉之助はまた迷った。恵巳蔵のいうことはもっともな気がする。吉之助は短く迷いながら考えた末に、決断を下した。

「よし、下りよう。下りてやつらに見つからない場所で待ち伏せをする」

その直後だった。

「吉之助、これまでだ。もう逃がしはせぬ」

背後から声をかけられ、吉之助は大いに驚いた。

「外道ども、覚悟しろ！」

岩野孫蔵が怒号をあげ、右手に持った刀を振りかざし、林のなかを猛進してきた。

七

「うおっー！」

孫蔵は枯れ枝を踏み折って跳躍するなり、最も近くに立っていた古川才一郎に斬りかかった。才一郎は虚をつかれ驚いていたが、尻餅をついて転がり、欅《けやき》の幹の背後に転がって難を逃れた。

「裏をかきやがったな！　返り討ちにしてやる！」

吉之助がつばを飛ばしながら抜刀し、斬りかかってきた冬吉の刀をはじき飛ばした。

兼四郎は色黒で団子鼻の細野恵巳蔵と刃を交えた。

丘の上はわりと平坦ではあるが、地面はでこぼこしており、決して足場はよくない。それに小楢や櫟が攻防の邪魔になった。

恵巳蔵が中段から鋭い突きを送り込んできた。まわりで怒鳴り声や鋼の打ち合う音がしているが、誰が誰の相手をしているのか見ている暇はない。

兼四郎は恵巳蔵の突きをかわすと、すかさず袈裟懸けに斬り込んだが、南天の藪に体を突っ込んで逃げられた。追っていくと、むくりと立ちあがった恵巳蔵が横腹を斬るように刀を振った。

兼四郎が体をひねってかわすと、恵巳蔵の刀は南天の小枝と赤い実を宙に飛ばした。

「くそッ。きさま、村田善之助の助っ人だな」

間合いを取った恵巳蔵が、はあはあと乱れた息をしながらにらんでくる。

「極悪非道の輩を成敗する浪人奉行、八雲兼四郎である」

「なにッ」

恵巳蔵が目を見開いた。白い息を吐きながら間合いを詰めてくる。周囲は乱闘になっているが、兼四郎は恵巳蔵を倒さなければならない。かといって斬り捨てるつもりはない。

村田善之助はこの賊一味を捕縛したい考えだ。つまり、生け捕りにするしかない。

「こい」

兼四郎は刀を脇構えにして、一足ずつ下がりながら誘いかけた。

恵巳蔵がつられてにじり寄ってくる。枯れ葉と粉雪が強い風に乱れ飛んでいる。

飛んでいるのはそれだけではなかった。手製の竹槍をしゃくれ顎がどんどん投げていた。しかし、いずれも的外れなところに飛んで行き、兼四郎たちの体を掠めるだけだった。

「おりゃあ！」

気合い一閃。恵巳蔵が斬り込んできた。兼四郎は擦り落としてかわすなり、刀を逆袈裟に振りあげた。

「おっ」

恵巳蔵は短い声を発して跳びしさった。左手首から赤い血が滴《したた》っていた。浅傷だが、恵巳蔵は斬られたことでゆっくり後退した。兼四郎は詰めて行く。

「きさまッ！」

恵巳蔵は黒い顔を赤らめて怒鳴り声を発し、斬りかかってくる素振りを見せたが、つぎの瞬間、身を翻して藪のなかに突進するように逃げた。兼四郎は追いかけたが、思いもかけず足許の石に足を取られて、藪のなかに倒れ込み、そのまま斜面を転がった。

手を伸ばして躑躅の枝をつかみ、なんとか転落を免れた。下を見ると、恵巳蔵はすでに丘の下に立っていた。

丘の上は乱闘になっている。兼四郎は早く戻ろうと斜面を這うようにして登りはじめた。

十蔵は島崎満作と戦っていた。満作は肩幅の広いがっちりした体をしている。体に比べ顔が小さく、削げた頰が凶悪だ。

十蔵は満作と鍔迫《つばぜ》り合う恰好になっていた。押せば押し返してくる。満作の力は並ではなく、ついに背中を欅の幹に押しつけられた。

渾身《こんしん》の力で押してくる満作の柄頭が首にあてがわれた。そのままさらに押してくる。十蔵の息が苦しくなる。不利な体勢になったのは、

(殺してはならぬ。生け捕りにするのだ)

と、兼四郎に忠告されたことが頭にあったからだ。

しかし、このままだと絞め殺される。窮地に立たされた十蔵は、余力を振り絞って押し返した。自分と満作の間に、わずかな空間ができた。その瞬間、体を素早く落とし、右肘を相手の股間に打ちつけた。

「あうっ……」

急所を打たれた満作がたまらずに下がると、十蔵はすかさず間合いを詰めた。

（こやつ、生かしてはおけぬ）

十蔵は意を決して、満作の首の付け根に刀を撃ち込んだ。

「ぎゃあー」

満作が悲鳴を発すると同時に、ざっくり斬られた首の付け根から血が噴出した。

十蔵はべっとり血糊のついた刀を構えたまま、横に倒れて動かなくなった満作をしばらく眺めていた。

興奮と恐怖がない交ぜになっていた。

「斬った……」

目をみはったまま短いつぶやきを漏らした。

人を斬ったのは初めてだった。斬るか斬られるかの戦いになるというのは覚悟していたが、ほんとうに人を斬ったことで、おのれの体のなかに怖じ気が走っていた。

舞い交う雪が睫毛《まつげ》に止まり、頬にあたった。そのとき、背後の怒声で我に返った。

はっとなって振り返ると、さっきまで吉之助と戦っていた冬吉が長身の古川才一郎を相手に戦っていた。芦原吉之助は村田善之助を相手にしていた。

その善之助の背後から、小柄なしゃくれ顎の小笠原洋太郎が斬りかかろうとしていた。

「村田さん、危ない！」

十蔵の声で善之助は左側にある小楢の幹を盾にして、洋太郎の一撃をかわし、すぐさま突きを送りだした。洋太郎は敏捷《びんしょう》に跳んでかわし、吉之助の背後にまわった。

「うわー！」

悲鳴じみた声を発したのは才一郎だった。

冬吉と才一郎は抱き合うような恰好で斜面を転がり落ちた。

「冬吉」

十蔵は慌てて駆け、斜面を転がる二人を見た。一度背後を振り返り、放ってはおけないと思うなり、斜面を滑るようにして冬吉を追いかけた。

冬吉を助けたかった。冬吉を助けなければならない。

十蔵はそんな思いに駆られていた。

第六章　待ち伏せ

一

十蔵が斜面を滑り降りたとき、冬吉は古川才一郎に覆い被さって動かずにいた。

「おい、冬吉」

十蔵は声をかけた。冬吉と才一郎は重なり合って倒れている。その脇の地面を赤い血が流れていた。

「冬吉！」

十蔵が声を張って一歩近づいたとき、「はっ」と息を漏らして冬吉がゆっくり半身を起こした。彼の刀は才一郎の土手っ腹に刺さっていた。才一郎はもう息をしていなかった。開いた目が雪の舞い交う虚空《こくう》を見つめているだけだった。

十蔵が呆然とした顔で立っていると、冬吉は片膝立ちになって自分の刀を才一郎の腹から抜いた。

「大丈夫か……」

十蔵が声をかけると、冬吉がゆっくり顔を向け、

「ご懸念無用です」

そういって立ちあがり、

「あの丘に戻らなければなりません」

と、言葉を足した。

「そうだな」

十蔵は少し北側のゆるやかな斜面を選んで、冬吉と丘の上をめざした。

兼四郎が丘の上に戻ったときだった。岩野孫蔵の横腹めがけて芦原吉之助の刀が振り抜かれた。どすっと鈍い音がして、孫蔵の体が前にのめった。

「孫蔵！」

悲鳴じみた声を発したのは、小笠原洋太郎を林の奥に追い詰めていた村田善之

助だった。

「村田善之助、今度はきさまの番だ」

吉之助が孫蔵を斬った刀に血ぶるいをかけて善之助をにらんだ。

「きさまの相手はおれだ」

兼四郎が吉之助の前に立った。

「浪人奉行とはあきれた助っ人だ。きさま、代官所の者か……？」

吉之助が青眼に構えたまま問うてきた。

「きさまに教えるまでもないこと……」

兼四郎は白い息を吐きながら間合いを詰める。乱れた髪が強い風に流される。

吉之助はちらりと背後を見た。もうそこは急な斜面だった。

兼四郎はさっと刀をあげて、切っ先を吉之助の喉に向けた。吉之助は口を真一文字に引き結び、眼光鋭くにらんでくる。

「もう、きさまは逃げられぬ。ここで観念して縛につくか、ここで斬られて死ぬか、選ぶのはきさまの勝手だが、どうする？」

「ほざけッ！　うぬにやられるようなおれではないっ！　でやーッ！」

吉之助は青眼に構えていた刀を思い切り突き出してきた。兼四郎は右足を引きながらその突きを払うようにかわし、すぐさま青眼に戻した。

吉之助はとっさに下がって右下段に構える。激しい戦いをしたせいか、肉付きのよい顔に汗が張りつき、小鬢《こびん》がふるえるように動いていた。

背後から「待て！」という善之助の声が聞こえてきた。藪をかきわけ、地面を駆ける音がする。兼四郎は吉之助の隙を必死に探っているので、なにが起きているのかたしかめることはできない。

「すりゃ！　おりゃッ！」

吉之助が気合いを発しながら、右面と左面を狙って撃ち込んできた。兼四郎が軽くいなしてかわすと、「突き突き突き」の三段突きから小手を狙って斬り込んでくる。

兼四郎はいずれも下がってかわした。

連続攻撃を軽くかわされた吉之助の目の色が変わったのはそのときだった。

「きさま……」

そう吐き捨てるなり吉之助は身を翻して、身を投げるように丘の斜面に飛び、そのまま尻餅をつく恰好ですべり降りていった。途中で二転三転したが、うまい具合に下の平坦地に立った。

「こやつ」

善之助の声が聞こえたので、兼四郎は素早く振り返った。藪のなかから飛び出したしゃくれ顎の洋太郎が、木々の間を跳ねるように走りながら丘の西側へ行って姿を消した。まるで猿のような身の軽さだった。

善之助が悔しそうに口をねじ曲げ、兼四郎に顔を向けた。

「逃げられた」

善之助は肩で荒い息をしながら近づいてきて、

「吉之助はどうなった？」

と、問うた。

「下に逃げられました」

兼四郎がいうと、善之助は丘の下をのぞき込んだ。

丘の下に吉之助と恵巳蔵が立っており、兼四郎と善之助を見あげてきた。

「村田、浪人奉行、このままではすまさぬ。きさまらの命は必ずもらい受ける」

吉之助はそう吐き捨てると、小川の北へ足を進めた。その先に丘を下りたばかりの小笠原洋太郎が立っていた。

兼四郎はその三人を見てから、

「追わなければなりません」

と、善之助を見た。善之助は小さくかぶりを振り、

「やつらは逃げぬ。いまもやつはいったであろう。必ずわしらの命をもらい受けると。しばらく間を取るつもりだろう」

「されど……」

「わかっておる。だが、孫蔵が……」

善之助はそういって、吉之助に斬られた岩野孫蔵の死体を見た。兼四郎と善之助は孫蔵の死体のそばに立った。

そのとき、丘の下に行っていた十蔵と冬吉がやってきた。

「八雲さん……」

十蔵が声をかけてくれば、冬吉が孫蔵に気づき、

「岩野さん」

と、声を漏らして、岩野孫蔵の死体によろよろと近づいて跪《ひざまず》いた。

二

冬吉は孫蔵の死を悼み、肩をふるわせながら悔し涙を流していた。

「ちょっとへそ曲がりなところがあったけれど、岩野さんはいい人でした。こんなところで命を落とすことになるとは……」

兼四郎と十蔵は嘆きつづける冬吉を、黙って見守っているしかなかった。

「すまぬことをした。わしが付き合わせたせいだ。吉崎福助も駒野八五郎も、わしの我《わ》が儘《まま》に付き合ったばかりに……」

善之助も孫蔵の死を悼んでいた。

「どうするのです？　賊を捕まえなければならぬのですよ」

冬吉が落ち着いたのを見て、兼四郎は善之助に声をかけた。

「わかっておる」

善之助は孫蔵のそばに片膝をつくと、脇差を使って髻《もとどり》を切り半紙で丁寧に包んで懐にしまった。

「ここに埋めるしかない。手伝ってくれぬか」

善之助が静かな顔を兼四郎と十蔵に向けた。

近くには賊らが使った鍬が放ってあったので、それを使って穴を掘り、孫蔵の遺体を埋めた。

「ここは見晴らしがよい。すべてが片づいたら連れに来るから、しばしの辛抱だ。孫蔵、無念である」

善之助は孫蔵を埋めた土盛りに合掌した。

その様子を見た兼四郎は、村を見わたせる丘の先に足を進めた。賊たちはいつの間にか姿を消していた。

「八雲さん、定次はどこに行ったのです？」

十蔵に声をかけられた兼四郎は、背後の林を見て、

「おれも気になっていたのだ」

と、応じた。

「賊と戦っているときにも姿はなかったような……まさか、やつらに」

十蔵は不吉なことをいうが、

「いや、定次は戦いには手を出さぬ。おそらく近くにいるはずだ。いずれあらわれるだろう」

気がかりではあるが、兼四郎はきっとそうだと信じていた。

「ならばよいのですが……」

「村田さん、ここにいても無駄ではありませんか。やつらはわたしたちをどこかで見張っているはずです。下へ行けば姿を見せるのでは……」

兼四郎の言葉に善之助は、「うむ」と、うなずいた。

それからみんなは丘の急斜面の上に立った。芦原吉之助ら賊の姿はどこにも見えない。粉雪が風に煽られて降っているだけで、周囲の景色は荒涼としている。

「定次はいったいどこに……」

十蔵がまた定次のことを心配してつぶやいた。

「やつを信じるしかない」

兼四郎が宥めると、十蔵はその辺を捜してくるといって林の奥へ向かった。しかたなく兼四郎もあとにつづいた。釣られたように善之助と冬吉もいっしょになって、林の奥まで行ってみたが定次は見つからなかった。

「おれたちが戦っている間に、丘を下りたのかもしれぬ」

兼四郎はおそらくそうしているはずだと思った。定次は用心深い男だし、機転もはたらく。賊に斬られたというのは考えにくかった。

兼四郎たちはわりと緩やかな傾斜を選んでゆっくり丘を下り、小川のそばに立った。近くに古川才一郎の死体が転がっていた。

風がぴゅーと音を立てて空を流れ、丘の上の林を大きく揺らした。粉雪はちらつく程度で、降ったりやんだりを繰り返している。

「賊は三人になっている。身共らは八雲殿と波川殿を入れて四人」

五本杉のそばで立ち止まった善之助が村に目を向けてつぶやく。

「村田さん、定次もいます」

十蔵が善之助に顔を向けた。

「そうであったな。されど、定次は戦いには加わらぬのだろう」

「加わらずとも、それなりのはたらきはします」

兼四郎は善之助を見ていった。

「そうであるか。ともあれ、やつらがどこにいるかわからぬが、いかがする？」

善之助は兼四郎と十蔵を見る。

「村田さん、やつらはわたしたちをどこかで見張っているはずです。だから遠くへは行っていないでしょう」

冬吉が両手をさすりながらあたりに視線を配った。

「つまり、近くにいるということか……」

十蔵もあたりに警戒の目を向けた。

「こんなところでやつらがあらわれるのを待っていてもしかたがない。村田さん、しばし体を休めて暖を取るべきです」

兼四郎が提案すると、

「腹も減っています」

と、十蔵がいう。

「飯はともかく、どこかで休もう」

善之助はみんなをうながした。どこかあてがあるのだろうと思い、兼四郎は黙ってあとに従う。歩きながら定次のことが気になり、何度かあたりに視線を向けたが、人の姿は見えなかった。

しばらく行ったところに小さな祠《ほこら》があった。壁板は剝がれ、建物自体も傾き、扉は壊れかけていた。祠のなかをのぞくと、土埃だらけになっている弁財天が祀《まつ》られていた。

「ここで暫時《ざんじ》休もうではないか」

先に善之助が祠のなかに入った。隙間風は吹き込んでくるが、寒い表にいるよりはましだった。それでも十蔵と冬吉が祠の前で、枯れ木を集めてきて焚き火をはじめた。

兼四郎は祠のなかより、火にあたったほうが暖を取れると思い外に出た。

そのとき、野路に人影が見えた。目を凝らすと定次だった。

三

「やつらは舟で逃げました」

定次は近づいてくるなり声を張った。

「舟だと……」

兼四郎はつぶやいて、どこから舟に乗ったのだと聞いた。

「この先に小さな舟着場があるんです。そこに舫《もや》ってあった舟で荒川を下っています」

兼四郎はさっと祠を見た。善之助が戸口前に立っていた。

「村田さん、やつらは舟で逃げています」

「舟はもう一艘《そう》あります」

定次がいった。善之助は目を光らせると、

「追おう」

というなり、定次に舟のある場所に案内させた。

みんなは小走りになって定次のあとにつづいた。さっきの丘から二町ほど北へ行った川岸に粗末な桟橋があり、古ぼけた舟が雁木《がんぎ》に繋がれていた。兼四郎は舫いをほどいて、棹《さお》をつかみ、みんなを舟に乗せると、岸辺を思い切り突いた。

舟は猪牙舟《ちょきぶね》よりひとまわり小さいものだった。近くの百姓が対岸にわたったり荷物を運んだりするのに使っているのだろう。舟が川中に進むと、吉之助の舟が見えた。

団子鼻の細野恵巳蔵が棹を使っているが、操船に不慣れなのか、難渋している様子だ。舟縁《ふなべり》にしがみついている小笠原洋太郎が、兼四郎たちの舟に気づいて注意をうながしたらしく、吉之助と恵巳蔵が振り返った。

「やつらどこへ行く気だ？」

善之助がつぶやく。

兼四郎は操っている棹を右舷《うげん》から左舷《さげん》に移す。

「あ、水が……」

定次が悲鳴じみた声をあげた。舟底に水が溜まりはじめていた。

「汲《く》み出すのだ」

兼四郎がいうと、定次と十蔵が両手で水を掬《すく》い出しにかかった。善之助も手伝う。

兼四郎は川の流れに乗って舟足を速めたいが、思うようにいかない。しかし、吉之助たちの乗っている舟との距離は縮まっていた。

定次たちは必死になって舟底の水を掬い出している。

「だめだ。だんだん水の量が多くなる。八雲殿、岸につけるのだ」

善之助が水を掬い出すのをやめて指図した。

兼四郎は舟底の水を見た。まだ沈む量ではないと判断し、対岸に向かっている賊の舟との距離を測った。その差は一町ほどだ。

「追います！」

兼四郎は棹を川底に強く突き立てる。ぐいっと艫《みよし》があがって進むが、さっきより速度が落ちていた。

「だんだん増えてくる。だめだ。八雲さん、沈みますよ！」

十蔵が危機を訴える。

「だめでも掬い出せ！」

「岸だ、その先の岸につけるのだ！」

善之助が指図するが、兼四郎は聞かなかった。舟はいま川のなかほどにあり、右岸も左岸も同じ距離だ。対岸を目指していた賊の舟が急に方向を変えた。

「やつら、こっちの岸に……」

兼四郎は賊の舟をにらむように見て、右舷に棹を移して左岸へ方向転換した。舟底の浸水は進んでおり、もう十蔵の足首まで溜まっていた。その分舟足が遅くなっている。岸までさほどの距離ではないのに、舟はなかなか進まなくなった。

その間に、賊は左岸に舟をつけて姿を消した。兼四郎は汗をかいていた。頬を伝う汗が顎からしたたり落ちている。

「沈みます!」

十蔵が叫んだ。舟が傾きはじめていた。

「岸はすぐそこだ。なんとかしろ!」

兼四郎は怒鳴り返し、必死に舟を操る。

「もう少しだ。そこにつけるんだ!」

善之助が大声をあげてすぐ目の先にある大きな柳を指さした。柳は枝葉を川面に垂れ下げていた。その周囲には繁茂している葦が風になびいている。

「つかんだ!」

冬吉が垂れている柳の枝をつかんで叫んだ。そのとき、舟が大きく傾き、艫《とも》のほうが尻餅をつくように水に沈んだ。同時につかんだ柳の枝が折れて、冬吉は、そのまま川に落ちた。

「下りるんだ！」

兼四郎は棹を放り投げて、どぼんと川のなかに入った。冬吉、十蔵、善之助、定次の順に舟から脱出したが、もうそこは浅瀬になっていた。

「なんだ、そう深くはなかった」

十蔵が川底に足をついていったが、胸のあたりまで水に浸かっていたし、冬吉は全身ずぶ濡れになっていた。

「とにかく岸にあがるんだ」

兼四郎はゆっくり足を進め岸に辿り着いた。

「なんてことだ」

岸にあがった善之助が濡れた袴や羽織の袖を絞りながらぼやいた。

「やつらはどこへ行ったんでしょう？」

賊の行方を気にする十蔵は、寒さでふるえていた。兼四郎は土手の上に登ってあたりを窺い見た。なんのことはない、さっき自分たちがいた祠の近くだった。川を下ったのはせいぜい二町ほどだったのだ。しかし、吉之助たちの姿は見えない。

「村田さん、ここはさっき自分たちがいた祠の近くです。もう一度あそこへ戻りましょう」

「吉之助たちは?」

善之助が顔を向けてきた。

「見えませんが、おそらく近くにいるはずです。その前に濡れた着物を乾かし、暖を取らなければ凍えてしまいます」

「そうするか」

四

その百姓家には誰もいなかった。家のなかを探ると、着物もなにもなかった。台所の水甕は空で、数枚の皿と丼があるだけだった。竈も長く使われていないようだ。

「空き家か……」

家のなかを見てまわった吉之助は座敷に腰をおろした。畳は毛羽立ち湿っていた。

「田や畑を捨てて逃げた百姓の家だろう」

小笠原洋太郎はそういって隙間風の入る雨戸を眺めた。

「やつらはそばにいる」

細野恵巳蔵が戸口から入ってきて告げた。

「そばというのはどこだ？」

吉之助は恵巳蔵の黒い顔を見た。

「この先に潰れかかっている祠がある。そこだ。祠の前で火を焚いているらしく、煙が見える」

「どうする？」

洋太郎がしゃくれ顎を向けてきた。

吉之助は無精髭《ぶしょうひげ》の生えた顎をさすって考えた。満作と才一郎が殺された。その前には彦助と喜作も殺されている。仲間四人がいなくなった。

そのことを考えると、腸《はらわた》が煮えくり返るような憤りを覚える。

「くそッ」

思わず声を漏らし、膝に拳を打ちつけた。

「どうした？」

恵巳蔵が座敷にあがってきた。

「仲間を殺されたのだ。しかも四人もだ」

「わかっておる。敵は討たなければならぬ」

「あたりまえだ。このまま引っ込んではおれぬ。おれは必ずやつらを血祭りにあげる」

洋太郎が息巻いた。

「それはみんな同じだ。さりながら相手はただ者ではない。あの浪人奉行というやつは強い。一筋縄ではいかない」

「吉之助、いまさら弱音を吐いてどうする。やつらを始末しなければ、この先厄介だというのはわかっておるであろう」

恵巳蔵は目を光らせて吉之助を見た。

「弱音ではない。このまま引き下がるつもりなど毛頭ないのだ」

吉之助は恵巳蔵をにらみ返した。

「だったらいまから行くか。やつらの居場所はわかっているんだ」

「慌てるな」

「ならばいかがする」

恵巳蔵は落ち着きなく暗い土間を行ったり来たりした。

「相手は五人。こっちは三人だ」

「ひとりは小者で相手ではない」

恵巳蔵が立ち止まって顔を向けてくる。

「やつらを必ず片づける。だが、対等に立ち合えばどうなるかわからぬ。やつらを一網打尽にするには裏をかかなければならぬ。そのことを考えるのだ」

「どうやって裏をかく？」

「それを考えておるのだ。きさま、文句ばかりいわずに少しは頭を使え」

「へん」

恵巳蔵はへそを曲げたように上がり框に座ると、右足を左膝に乗せ、腕を組んだ。

「おびき出して背後から不意打ちしかないのではないか」

洋太郎が真剣な顔でつぶやく。

「それはよい考えだが、どうやって背後をつくかだ」

三人はそのまま黙り込んだ。傷んだ雨戸と戸ががたぴしと音を立てている。空をわたる風の音は相変わらずだ。

「やつらは上州屋に泊まっているのだったな」

恵巳蔵が腕組みをほどいて、思いだしたようにいった。

「宿を払っていなければ、そうだ」

洋太郎が答える。

「ならば、しばらく見合わせて、やつらが上州屋に戻るのを狙うか」

「上州屋に押し入るというのか」

吉之助は恵巳蔵を眺めた。

「寝込みを襲うのだ」

吉之助はふむとうなって腕を組んだ。

「旅籠で騒ぎを起こすことになる。宿場にはおれの人相書も貼られている。寝込みを襲うのはよい考えだが、しくじれば宿役人らも出張ってくるだろう」

「宿役人なんざ怖れることはない」

洋太郎だった。

「いや、やつらを軽く見たらとんだ火傷《やけど》を負いかねぬ。問屋場には捕り物道具があるんだ。そんなものを持ち出して大勢に囲まれたら手も足も出なくなる」

「さようなことになるかな……」

恵巳蔵は訝しげな顔をする。

「おれはお尋ね者になっているのだ。それにおぬしらの名は知れていなくても、おれに仲間がいるのは知られている。そうだな」

吉之助が洋太郎を見ると、そうだとうなずいた。

「やつらはおれたちがここにいるのを知っているかな？」

「気づいてはいないはずだ」

恵巳蔵が答えると、吉之助はゆっくり立ちあがり、土間に下りて表に出た。そのまま庭に立ち、あたりに目を向ける。

冬枯れた畑の先のほうに細い煙が風に流されている。

（あそこにいるのか……）

煙の見えるそばには小さな建物があった。遠目には小屋に見えるが、朽ち果てた祠だというのはわかっていた。

いつしか雪はやんでいたが、低い雲が空一面に広がっている。その下を風が吹き流れていた。

吉之助は東のほうに目を転じた。細長い堤が見える。用水の脇に造られたものだ。

（あの堤の下には杉や松の木があり、竹林もある。堤の下に細い道があったはずだ）

吉之助は目を光らせた。

五

「雪がやんでよかったが、寒さは相変わらずだな」

兼四郎は焚き火にあたりながら、空を覆っている雲を眺めた。

「着物は乾きましたか?」

下帯ひとつの姿で、冬吉が寒そうに祠の入り口に立っていた。

「すっかりではありませんが、雪がやんだので着ているうちに乾くでしょう」

焚き火のそばで着物を乾かしていた定次が答えた。

「じゃあ早くくれ」

定次は乾かしていた着物を冬吉にわたした。兼四郎の着物も半乾きだったが、火にあたっているうちに乾いてくるのがわかった。

「さて、どうします? やつらを捜さなければなりませんが……」

十蔵が顔を向けてきた。

「おそらく遠くには逃げていないはずだ」

身繕いをすませた善之助が祠から出てきた。

「八雲殿、思いの外手間をかけさせて相すまぬが、もう少し付き合っていただけるかな？」

「この期に及んでなにをおっしゃいます。ここであきらめることなどできぬでしょう。わたしも十蔵も、そして定次も決着をつけるまでは付き合うと決めているのです」

善之助が十蔵と定次に目を向けると、二人はそうだという顔でうなずいた。

「敵はもはや三人。逃がすわけにはまいらぬし、今日のうちに片づけたい。ただし、生け捕りにしたい。怪我を負わせるのはいたしかたなかろうが、殺したくはない」

「三人とも生け捕りにするつもりですか？」

十蔵だった。

「できればそうしたい。少なくとも吉之助ひとりだけでも生け捕りたい」

兼四郎には善之助の考えはよくわかった。生け捕りに拘るのは、これまで賊の重ねてきた悪行を、世に知らしめなければならないからだ。それは、殺された善之助の仲間への供養でもあるし、仕えていた藩への恩返しにもなるからだろう。

「日の暮れまではまだ間はあるが、この天気だから暗くなるのは早いだろう」

善之助は空をあおぎ見た。

「ならば、賊を捜しに行きましょう」

兼四郎はそういって周囲に視線をめぐらした。

「やつらの行方はわからぬが、身共らが姿をさらして村をまわれば、気づいたやつらから近づいてくるだろう。なにより吉之助は身共の命がほしくてたまらないはずだ。やつはそういう男だ」

善之助は芦原吉之助の性分を知り尽くしているから、そういう確信を持っているのだろう。

「では、まいりましょう」

兼四郎がうながすと、全員あとにつづいて村道に出た。

「此度ばかりは手こずりますね」

後ろについている定次がつぶやく。

「こんなこともあるだろう。いつも手早く片をつけられるとはかぎらぬ」

「ごもっともなことで……」

兼四郎たちは新曾村のほうに足を向けていた。先刻、戦いの場となった丘の方角に向かわないのは、賊もそちらへは行っていないだろうという判断であった。

野路を進むがほんとうに村の者に出会わない。農閑期なので野良仕事をしないのだろうが、そもそも住んでいる百姓が少ないせいかもしれない。

「あ！　やつらだ」

そういって立ち止まったのは伊沢冬吉だった。

兼四郎は冬吉の視線の先を追った。それは新曾村に入ったところだった。用水の脇に延々とつづく堤がある。その堤の上に三人の賊が立っていたのだ。

「いたぞ」

善之助が顔を引き締めて足を進めたとき、三人の賊は堤に沿う細い道に下りた。

兼四郎たちは三人の賊が下りた堤沿いの道を進んだ。右が堤で左は畑だ。途中に雑木林があり、その先が竹林になっていた。

見通しは利いたが、三人の賊の姿が見えなくなっていた。

「どこへ行った？」

竹林を過ぎたところで善之助が立ち止まった。

右の堤を見たが人の影はない。左側には小さな池があった。静かな水面は鏡のようになっており、暗い空と堤を映し取っていた。

竹林がざざっと音を立てて激しく揺れたとき、池の先の藪からしゃくれ顎の洋太郎が飛び出してきた。

「野郎ども、こっちだ！　かかって来やがれッ！」

襷掛けをした洋太郎が刀を振りあげて誘いかけた。

「洋太郎、もう容赦せぬ！」

刀を鞘走らせて冬吉が脱兎のごとく駆け出した。とたん、洋太郎は背中を見せて遁走《とんそう》した。

「待て、待ちやがれッ！」

冬吉は追いかけていったが、残りの賊の二人、芦原吉之助と細野恵巳蔵の姿がなかった。

「おかしい」

兼四郎が目を光らせてまわりを見たとき、

「うっ」

と、善之助がうめいて膝をついた。

兼四郎がさっと振り返ると、いつの間にか背後に吉之助と恵巳蔵が立っていた。善之助の左肩には脇差が刺さっていて、いま引き抜いたところだった。

「村田善之助、覚悟だ！」

肩に傷を負い片膝をついている善之助に、吉之助が斬りかかっていった。

「村田殿、逃げるのだ！」

兼四郎はそういうなり、大上段から刀を振り下ろしてきた吉之助の一撃を跳ね返した。

きーん。

耳をつんざく金音がして、吉之助の体が一瞬のけぞった。

兼四郎は体勢を整え青眼に構え直すと、吉之助と善之助の間に立った。その間に十蔵が恵巳蔵とにらみ合う恰好で対峙していた。

「またもや浪人奉行がおれの相手か……」

吉之助が右八相に構え直した。

「定次、村田殿の手当てを頼む」

兼四郎はそういうなり、吉之助との間合いを詰めた。爪先で地面を嚙むようにじりじりと詰めて行く。

吉之助は八相から上段に構え直す。胸元はがら空きだ。突きを送り込みたいところだが、その前に上段から脳天を狙われる恐れがある。

兼四郎はいつになく慎重になっていた。こやつは斬り捨てたいが、賊の首魁《しゅかい》なので生け捕りにしなければならない。

その思いを先取りしたように、

「八雲殿、斬ってはならぬ」

と、尻餅をついている善之助が声をかけてきた。

兼四郎に迷いが生じるのは善之助の願いのせいである。吉之助は殺気を漲《みなぎ》らせ、肉付きのよい顔にある双眸を赫々《かっかく》と光らせている。手加減すれば斬られる。かといって斬り捨てるわけにはいかない。

「どうした、かかってこぬか」

吉之助がにじり寄ってくる。兼四郎は逃げるように下がる。

吉之助は腰に脇差を帯びていなかった。善之助に脇差を投げたからだ。吉之助が大きく踏み込んできた。

「どりゃ！」

気合い一閃、鋭い斬撃が送り込まれてきた。上段からの唐竹割りである。

兼四郎は下がりながら右にまわり込んで避け、同時に刀を逆袈裟に振り切った。牽制の攻撃で、吉之助の体を掠めただけだ。

「くそッ、嘗めたことを……」

吉之助が顔を真っ赤にして詰め寄ってくる。

兼四郎は隙を窺いながら左にまわった。剣尖は吉之助の喉に向けられている。

背後の竹林が強い風に大きく揺れてざわついた。

吉之助の右足が前に出、刀が体の右に下ろされ、地面と水平になった。兼四郎はそれがどういう意図であるか見抜いていた。

吉之助は胴を払い斬ると見せかけ、即座に刀を左脇に引きつけてから突きを送り込むだろう。誘いに乗ればそうなる。

兼四郎はその誘いに乗ってはならなかった。しかし、わざと乗ることにした。

さっと刀を上段に振りあげたのだ。直後、吉之助が動いた。

「おりゃあ！」

気合いもろとも吉之助は刀を横薙ぎに振ってきた。刃が鈍い光を発しながら、兼四郎の脇腹を斬りにきた。

六

十蔵は細野恵巳蔵と立ち合っていた。手間をかけずに召し捕ろうと考えていたが、うまくいかない。

真剣と真剣の戦いは、生と死を分ける。道場での剣術とは大きく違うところだ。だから十蔵には斬られたくないという緊張が生まれている。そのことが動きを鈍くしていた。

対する恵巳蔵には明らかな殺意がある。いまや精神面では十蔵が負けていた。

（こんなはずではない）

十蔵は内心でつぶやいて、おのれを鼓舞するが動きが硬くなっていた。

恵巳蔵が八相から袈裟懸けに斬り込んできた。十蔵は体をひねってかわすなり、恵巳蔵の刀を擦り落とした。恵巳蔵は素早く下がって間合いを取り青眼に構え直す。団子鼻が赤くなっており、吐く息が白い筒になっていた。

（落ち着け落ち着け）

十蔵はおのれにいい聞かせながら、恵巳蔵の隙を探る。

（臆してなるか！）

もう一度おのれを鼓舞し前に出た。瞬間、恵巳蔵の刀がまっすぐ送り込まれてきた。胸を狙っての突きだった。

十蔵はかろうじてかわしたが、左の袖口を切られていた。カッと頭に血が上ったが、間合いを取って、すぐに気を静めようと息を吐いた。

同時に目をらんと輝かせて勇を鼓した。

（許せぬッ）

十蔵は持ち前の気の強さを取り戻した。さらに刀をつかむ手や腕に力が入りすぎていたことに気づいた。

まず肩の力を抜き、腕と柄をつかんでいる手を楽にさせた。刀は強くつかんでいれば速く振ることができない。剣術の基本である。

（おれとしたことが……）

内心でつぶやき、口の端に笑みを浮かべた。

それを見た恵巳蔵が奇異に思ったらしく、

「なんだ」

と、目をみはった。

「きさまごときへなちょこにやられるおれではない」

「なにをッ」

恵巳蔵は頭に血を上らせたらしく、奥歯を強く嚙んだ。同時に袈裟懸けに斬り込んできた。十蔵は慌てなかった。恵巳蔵の刀を左へ流すように擦り落とし、素早く背後にまわり込んだ。

恵巳蔵が慌てて振り返った。目が驚愕していた。十蔵は躊躇《ちゅうちょ》しなかった。素早く引き寄せた刀をそのまま撃ち下ろしたのだ。恵巳蔵は受けようとしたが、間に合わなかった。肩口をざっくり斬られ、片膝をつき、片手で持った刀を杖代わりに立ちあがろうとしたが、それまでだった。

唇をわなわなとふるわせると、そのままどさりと大地に転がった。

「斬ってしまった」

十蔵はつぶやきながらしくじったと思ったが、もう遅かった。こうするより他になかったのだ。

刀に血ぶるいをかけて振り返ると、兼四郎に吉之助が斬りかかったところだった。

(危ない!)

思わず胸のうちで叫んだ。

兼四郎は手こずっていた。吉之助は兼四郎の読みを外す動きを見せ、反対に攻撃を仕掛けてきた。

受けにまわってばかりの兼四郎だが、もはや手加減無用だと肚を括った。

さっと跳びしさって一間半の間合いを取り、青眼に構え直して吉之助と正対した。激しい攻撃をしかけている吉之助は呼吸を乱していた。肩を上下に動かしてもいる。

兼四郎はすうっと息を吐きながら、間合いを詰めた。吉之助も怖れずに詰めてくる。

「おりゃあー！」

吉之助が刀を振りあげて上段から鋭く撃ち込んできた。兼四郎はわずかに体を右へ逸らしながら、刀を振り下ろしてくる吉之助の左手首を斬り落とした。

「ぎゃあー」

吉之助が悲鳴をあげたと同時に、切り離された左手首がぽとりと地面に落ちた。吉之助は慌てて後じさったが、そのまま尻餅をついた。

その首にさっと兼四郎の刀が添えられ、吉之助は地蔵のように体を固めた。

「この悪党、観念することだ」

兼四郎は静かに諭すようにいった。

「斬れ、斬れ！」

吉之助は痛みを堪えながら喚いたが、兼四郎は取り合わずに、そばに落ちてい

る吉之助の刀を遠くへ蹴り、

「定次、縄を打つのだ」

と、命じた。

善之助の手当てをしていた定次がすっ飛んできて、懐に入れている捕り縄であっという間に吉之助を縛りあげた。

そのとき、冬吉が「さっさと歩かぬか」と、しゃくれ顎の洋太郎の背中を押しながら戻ってきた。

刀の下緒《さげお》で後ろ手に縛られている洋太郎は、着物をどろんこにしていた。恨めしそうな顔も泥だらけだ。

「八雲殿、波川殿、礼を申す。ようやく片をつけることができた」

善之助が手当てをした左肩を押さえながらやってきた。

「傷はいかがです？」

「たいしたことはない。それより恩に着る。吉之助、きさまの悪行もこれまでだ。観念することだ」

善之助は吉之助を蔑《さげす》んだ目で見た。

「殺せ。殺してくれ」

吉之助は言葉を返したが、

「ならぬ。きさまはわしらといっしょに高崎に戻るのだ。それが定めだ」

善之助はそういって宿場に戻ろうと、兼四郎たちを見た。

「村田さん、わたしは細野恵巳蔵を斬ってしまいました」

十蔵が申しわけないと頭を下げた。

「致し方ないでござろう」

善之助は気にするなという顔をし、再び宿場に戻ろうとうながした。

空を覆っていた雲の隙間から、日の光が射したのはそのときだった。

七

宿場には罪人を留め置く牢などはないが、問屋場と本陣を兼ねている一の本陣の主・岡田加兵衛の屋敷には、厩《うまや》の脇に頑丈な土蔵があった。

芦原吉之助と小笠原洋太郎はその土蔵にひと晩留め置かれた。翌朝、二人は善之助の指図によって引き出され、そのまま唐丸籠《とうまるかご》に入れられた。

昨日の天気とは打って変わり、その日は青空が広がり、遠くに白銀に光る富士を望むこともできた。

「加兵衛殿、世話になるが遠慮なく使わせてもらう」

善之助が本陣の主に断りを入れるのは、高崎まで吉之助と洋太郎を運ぶ人足を出してくれたからだ。

「礼を申さなければならないのは、手前たちのほうでございます。宿場に難が及ばなかっただけでも、胸を撫で下ろしているのでございます」

加兵衛がそういうのは、昨日、辻村に住む紀伊家の家臣である郷鳥見夫婦の斬殺死体が見つかったからでもある。

善之助はその下手人も吉之助たちだとにらみ、昨夜二人を締めあげた。二人は強情ではあったが、ついに洋太郎が口を割って殺しを認めたのだった。

「そういってもらうと気が楽になる」

善之助はそう応じてから兼四郎たちに顔を向けた。

「八雲奉行殿、こやつら罪人を召し捕れたのは、そなたらのおかげでござる。あらためて礼を申す」

「少なからずお力になれたのは幸いです。道中お気をつけてくださいませ」

「うむ。波川殿、それから定次、世話になった。これからも八雲殿のそばでよいはたらきをしてくれ。いずれまた会える日があるやもしれぬ。そのときを楽しみ

「わたしもそうなることを願っております。とにかく気をつけてお帰りください」

十蔵が言葉を返せば、定次は深々と頭を下げた。

「では急ぐゆえ、これにて……」

善之助はそういうと、見送りの一同に辞儀をして、冬吉と人足たちをうながした。

人足たちは唐丸籠を担ぎあげると、そのまま街道を北へ向かって歩き出した。

兼四郎はその姿が見えなくなるまで見送ってから、

「さて、おれたちも江戸に帰るとしよう」

と、十蔵と定次をうながした。

宿往還には旅籠から出てきた旅立ちの客が目立った。商家はどこも大戸を開け、暖簾をかけて商売の支度にかかっていた。

「十蔵、昨夜はぐっすり眠れたか？」

兼四郎は歩きながら十蔵に声をかけた。

「よく眠れましたが、横になってしばらくは頭が冴えていました。それというのも初めて人を斬ったからです」

兼四郎は十蔵に顔を向けた。

「悪人とはいえ、相手は生きている人間です。その命を奪ったのですから」

「後悔しておるのか……」

「いえ。ただ、初めて島崎満作を斬ったときは、体がふるえました。おぞましいことをやっている自分を怖ろしく思いもしました。人を斬るという覚悟はあったのですが、いざとなると斬ったあとで躊躇いが生まれました」

「正直なやつだ」

「はい、正直にそう思いました」

「その気持ちを忘れぬことだ。人は人を虫けらのようには殺せぬ。されど、罪深き者たちに情けをかけることはできぬ。この仕事は肚を括ってやらなければならぬのだ」

「はい」

十蔵は殊勝にうなずく。

そのとき、背後から女の声が聞こえてきた。

「お奉行様ー、波川様ー！」

立ち止まって振り返ると、上州屋の女中・お藤だった。小走りでそばにやってくると、愛嬌ある顔で息をはずませ、

「間に合ってよかったです。これを……」

と、風呂敷包みを差し出した。

「なんだ？」

十蔵が怪訝な顔をすると、

「にぎり飯です。江戸までは長い旅でしょうから、急いで作ったのです。波川様にはよくしていただきました」

お藤はまぶしげに十蔵を見る。

「それはわざわざ相すまぬ」

「いいえ、うちの旦那様もお奉行様たちのおかげで宿場に悪いやつが来なくなって、ほんとうによかったと喜んでいます」

「それはなによりだ。では遠慮なくいただく」

十蔵は風呂敷包みを受け取った。

「上州屋の主に礼はいっておるが、あらためてよろしく伝えてくれ」

兼四郎はにこにこ微笑んでいるお藤にいった。

「はい、伝えておきます。どうか気をつけてお帰りください」

「うむ。では、さらばだ」

兼四郎は十蔵と定次をうながし、再び歩き出した。

「いい娘だな」

「お藤は卒中で倒れている父親の面倒も見ている孝行者です」

「それは感心な。しかし、あの娘……」

「なんでしょう？」

十蔵が怪訝な顔をした。

「どうやらおぬしに気があったようだ」

「まさか。八雲さん、茶化さないでください」

「いやいや、きっとそうだ」

兼四郎がそういって笑うと、

「八雲さんも人が悪い」

と、十蔵は苦笑いをした。

「定次、和尚と升屋が待っているであろうから、少し急ぐか」

「なにもなければまだ日のあるうちにつけるでしょう」

江戸までそう遠い道程ではないが、三人は往還の先に広がる青空を眺めながら足を急がせた。

この作品は双葉文庫のために書き下ろされました。

双葉文庫

い-40-56

浪人奉行《ろうにんぶぎよう》

十四ノ巻《じゆうよんのかん》

2023年3月18日　第1刷発行

【著者】

稲葉稔《いなばみのる》

©Minoru Inaba 2023

【発行者】

箕浦克史

【発行所】

株式会社双葉社

〒162-8540 東京都新宿区東五軒町3番28号

［電話］03-5261-4818(営業部)　03-5261-4833(編集部)

www.futabasha.co.jp(双葉社の書籍・コミックが買えます)

【印刷所】

中央精版印刷株式会社

【製本所】

中央精版印刷株式会社

【フォーマット・デザイン】

日下潤一

ISBN978-4-575-67152-0 C0193

Printed in Japan

稲葉稔

浪人奉行

一ノ巻

長編時代小説
〈書き下ろし〉

ある事情から剣を捨て、市井で飯屋を営む八雲兼四郎。だが、思わぬ巡り合わせから許せぬ悪を討つ〝浪人奉行〟となり、再び刀を握る。

稲葉稔

浪人奉行

二ノ巻

長編時代小説
〈書き下ろし〉

反物を積んだ舟が江戸の手前で次々と消え、荷が闇商いされていた。外道の匂いを嗅ぎつけた〝浪人奉行〟八雲兼四郎は行徳に乗り込む。

稲葉稔

浪人奉行

三ノ巻

長編時代小説
〈書き下ろし〉

池袋村で旅の行商人が惨殺された。居酒屋いろは屋の大将にして外道を闇に葬る〝浪人奉行〟八雲兼四郎が無辜の民の恨みを剛剣で晴らす！

稲葉稔

浪人奉行

四ノ巻

長編時代小説
〈書き下ろし〉

升屋の大番頭の安否確認のため、殺しが頻発する東海道大井村に赴いた兼四郎は無残な骸と遭遇。下手人を追うなか美しい浜の娘と出会う。

稲葉稔

浪人奉行

五ノ巻

長編時代小説
〈書き下ろし〉

目黒の商家が次々と賊に襲われた。しかも押し込み前には必ず娘や嫁が姿を消すという。惨状を耳にした兼四郎は賊成敗に乗り出す。

稲葉稔

浪人奉行

六ノ巻

長編時代小説
〈書き下ろし〉

外道に地獄を、民に光を‼〝浪人奉行〟八雲兼四郎の影仕置きの舞台は武州中野宿へ。米問屋一家皆殺しの賊は型破りの浪人集団だった！

稲葉稔

浪人奉行

七ノ巻

長編時代小説
〈書き下ろし〉

鈴ヶ森で行き倒れていた幼子、小太郎の世話を引き受けた兼四郎。徐々に心を通わすようになるが、やがて小太郎の過去が明らかになる。

稲葉稔　浪人奉行　八ノ巻　長編時代小説〈書き下ろし〉

江戸郊外長崎村がならず者に襲われた。女子供まで殺める悪鬼を成敗すべく乗り込んだ兼四郎だったが、空前絶後の凶敵を前に窮地に陥る。

稲葉稔　浪人奉行　九ノ巻　長編時代小説〈書き下ろし〉

剣の腕を隠して飯屋を営む八雲兼四郎は不憫な女お蛍と知り合う。一方、江戸湊では海賊が横行。兼四郎は、お蛍を案じつつ成敗に向かう。

稲葉稔　浪人奉行　十ノ巻　長編時代小説〈書き下ろし〉

表の顔は居酒屋の主、裏の顔は影役目・浪人奉行の八雲兼四郎。江戸と武州を股に掛け、友を救い、女たちを守る!!　人気シリーズ第十弾。

稲葉稔　浪人奉行　十一ノ巻　長編時代小説〈書き下ろし〉

町方の手の届かぬ悪を斬る浪人奉行の八雲兼四郎は、改易されて乱心し、非道を重ねる元旗本の存在を知る。人気シリーズ、第十一弾！

稲葉稔　浪人奉行　十二ノ巻　長編時代小説〈書き下ろし〉

材木問屋の娘が悪漢の手によって攫われた。依頼を受けて娘を救うべく奮闘する八雲兼四郎だが……。大人気シリーズ、第十二弾！

稲葉稔　浪人奉行　十三ノ巻　長編時代小説〈書き下ろし〉

かつて岩城升屋を襲った賊の手掛かりがもたらされた。八雲兼四郎は賊を探し千住下宿へと向かうが……。大人気シリーズ、第十三弾！

井原忠政　足軽仁義　三河雑兵心得　戦国時代小説〈書き下ろし〉

苦労人、家康の天下統一の陰で、もっと苦労した男たちがいた！　村を飛び出した十七歳の茂兵衛は松平家康に仕えることになるが……。

井原忠政
三河雑兵心得
上田合戦仁義
戦国時代小説
〈書き下ろし〉

沼田領の帰属を巡って、真田昌幸が徳川に反旗を翻した。たかが小勢力と侮った徳川勢は、昌幸の奸計に陥り、壊滅的な敗北を喫し……。

井原忠政
三河雑兵心得
馬廻役仁義
戦国時代小説
〈書き下ろし〉

真田に大敗した戦で戦場に消えた茂兵衛。「茂兵衛、討死」の報に徳川は大いに動揺する。だが、ところがどっこい、茂兵衛は生きていた！

金子成人
ごんげん長屋つれづれ帖【一】
かみなりお勝
長編時代小説
〈書き下ろし〉

根津権現門前町の裏店を舞台に、長屋の人情や親子の情をたっぷり描く、くすりと笑えてほろりと泣ける傑作人情シリーズ、注目の第一弾！

金子成人
ごんげん長屋つれづれ帖【二】
ゆく年に
長編時代小説
〈書き下ろし〉

長屋の住人で、身重のおたかが倒れてしまった。周囲の世話でなんとか快方に向かうが、亭主の国松は意外な決断を下す。落涙必至の第二弾！

金子成人
ごんげん長屋つれづれ帖【三】
望郷の譜《ふ》
長編時代小説
〈書き下ろし〉

長屋の住人たちを温かく見守る彦次郎とおよしの夫婦。穏やかな笑顔の裏には、哀しい過去が秘められていた。傑作人情シリーズ第三弾！

金子成人
ごんげん長屋つれづれ帖【四】
迎《むか》え提灯《ちょうちん》
長編時代小説
〈書き下ろし〉

お勝の下の娘お妙は、旗本の姫様だった⁉ 我が子に持ち上がった思いもよらぬ話に、お勝の心はかき乱されて――。人気シリーズ第四弾！

金子成人
ごんげん長屋つれづれ帖【五】
池畔《ちはん》の子
長編時代小説
〈書き下ろし〉

お勝たちの向かいに住まう青物売りのお六の、とある奇妙な行為。その裏には、お六の背負う哀しい真実があった。大人気シリーズ第五弾！